集英社オレンジ文庫

あの日、あの駅で。

駅小説アンソロジー

ほしおさなえ
岡本千紘
崎谷はるひ
奈波はるか

本書は書き下ろしです。

カントリー・ロード
ほしおさなえ 7

クジラ・トレイン
崎谷はるひ 73

どこまでもブルー
岡本千紘 109

夜桜の舞
奈波はるか 153

CONTENTS

イラスト／ａｌｍａ

あの日、あの駅で。

駅小説アンソロジー

STATION NOVELS ANTHOLOGY

カントリー・ロード

SANAE HOSHIO
ほしおさなえ

1

清瀬に来たのは久しぶりだった。西武池袋線清瀬駅。母の実家の最寄り駅だ。

小学五年生から中学受験の塾通いがはじまって土日はすべて埋まり、中学にはいってみれば土曜も授業があって週末はなにかと忙しい。そんなわけでお正月に行ったきりだった。

わたしの父は商社の営業部勤務。出張ばかりの仕事だ。出張先から次の出張先に向かうことも多く、ほとんど家にいない。さらに一年前、東海地区の統括マネージャーというものになってしまったため、いまは浜松の社宅に単身赴任している。

小さいころから清瀬の祖母の家に行くのは父が留守のときが多かった。父がいっしょのときは車を出してくれるが、たいていの場合、母とふたり電車を乗り継いで、ということになる。

うちの最寄り駅は東急多摩川線の沼部駅。多摩川駅を通って目黒に出て、山手線に乗り換え池袋へ。池袋から西武池袋線に乗って清瀬駅へ。電車に乗っている時間だけで一時間以上かかる。

小さいころは電車のなかがヒマでヒマで、いつもいつのまにか眠っていた。乗り換えのたびに起こされて、辛いと思いながら歩く。最初から最後まで起きていたことはない。だからすごく遠い場所だと思っていた。

今年の春に中高一貫の私立校に入学し、短いながらも電車通学するようになった。ちゃんと本も持ってきたし、電車に乗っていても退屈することはない。だから今日は寝なかった。そしてそこまで遠くもないんだな、と思った。

池袋から窓の外を見ていると、あたりがどんどん住宅地になり、畑も増えて、のんびりした風景になってくる。清瀬に行くたびに、なんもないところだからねえ、と母が言っていたのを思い出した。

以前は母がなぜそんなことを言うのかわからなかった。沼部のまわりには店などほとんどない。清瀬の駅前にはロータリーがあり、大きなスーパーもある。沼部よりよほど街じゃないか、と思っていた。

だが、中学生になったいまは少しだけわかる。叔母の住んでいる吉祥寺みたいな大きな街ではないし、うちだってたしかに沼部にはなにもないが、電車に乗れば武蔵小杉や自由が丘にすぐに出られる。要するに「なんもない」というのは「おしゃれな街じゃない」という意味だったのだろう。

電車が清瀬に着き、ホームに降りた。正午近くになっていて、日差しがまぶしく、すごく暑い。

ホームから見える商店街はなんだかのんびりしていて、歩いている人たちも気取ったところがない。普段着という言葉がぴったりだ。いよいよ「なんもない」という言葉通りという気がしてくる。

だけどなんだか安心した。わたしが小さいころから全然変わってない。でも、思っていたよりホームも階段も小さく見える。お正月から半年経ち、身長も少し伸びたけど、そんなことでは説明がつかないほど小さく見えた。

むかしは改札の外にいつも祖母が待っていた。ののちゃーん、とにこにこ顔で言って、わたしが抱きつくと背中をぽんぽんしてくれた。下におりると、駅のロータリーのはずれに祖父が車を停めていて、窓からこっちこっち、と手を振ってくれた。

だけどいまは、改札口で待ってる祖母も、車の窓から手を振る祖父もいない。

祖父はわたしが小学校四年生のときに亡くなった。その後も、お正月までは祖母が車を運転して迎えにきてくれたのだけど、高齢者が車を運転するのは危険だから、ということで、この前免許を返上してしまったのだ。

だから今日は祖母の家まで自分たちで行かなければならない。改札口を出てもだれもいないのはちょっとさびしかった。駅はむかしと変わらないけど、いろんなことが少しずつ変わっていくんだな、と思った。

　階段をおりて駅を出る。ロータリーに面してコンビニやチェーンのコーヒーショップがならび、向かいには大きなスーパー。あの上には図書館や書店や英語教室なんかもあって、その上は分譲マンション。

　駅前がこういうふうに整備されたのは母が家を出てからのことで、その前はバスの営業所と病院があるだけだった、と聞いていた。

　そのころはほんと、なんもないところで。母は何度もそう言った。西武線の踏切のせいで祖母の家に向かうための小金井街道はいつも混んで、バスはいつも遅れていた。学校の帰り、なんもないバス停で毎日ずいぶん長い時間バスを待っていた。

　――それがいつのまにかあんな大きなマンションが建っちゃったのよね。駅から濡れずに帰れるし、とりあえず生活に必要なものは手にはいるから住むには便利なんじゃない？　若い人もずいぶんはいってるみたい。

　祖母はそんなことを言っていたけど、大きいって言ったって、武蔵小杉のタワーマンションなんかとは全然ちがう。武蔵小杉みたいなきらきらしたショッピングモールもないし、駅から少し行けばやっぱり畑なのである。

　ずっとここで暮らしている祖母は知らないんだろうけど、やっぱりここは母の言う通り「なんもないところ」なんだと思う。もっとも、わたしにとっては二子玉川(ふたこたまがわ)や武蔵小杉の方が嘘っぽくて馴染(なじ)めず、沼部や清瀬の方がほっとするんだけど。

「ののか、バス、なかなか来ないみたい。タクシーで行こうか」

　時刻表を見た母が言った。

「わかった」

　タクシーは大歓迎だ。この暑いなか、バスを待つのはちょっとしんどい。それに、今日はただ遊びに行くわけじゃない。お客さんが来る予定で、その前に準備があるから急がなければならないのだ。

　三年前に祖父が亡くなったあとも、祖母はずっとひとりで清瀬の家に住んでいた。まわりには店もなく、車がないと日常の買い物もできない土地だから、いつまでも祖母にひとり暮らしをさせるわけにもいかない。

　祖母は元気だし、まだまだ介護つきのホームにはいる必要はない。そういう施設は部屋も狭いしなにかと不自由なところもあり、自分のことが自分でできる、ふつうのマンションの方が良いだろうということになった。

　叔母夫婦が一年かけ、条件の良い物件を探して購入。祖母は長年住んでいたこの家を売却し、叔母夫婦の買ったマンションに賃貸で入居することになった。

祖母の生活用品などの荷造りはほぼ終わったが、問題は祖父の遺品だった。祖父は大学の先生で、家には本と資料が大量に残っていた。

祖母はもう全部そのまま古書店に引き取ってもらおうか、と提案したが、母は絶対そんなわけにはいかない、祖父の知人や教え子に形見分け(かたみわ)をする、と言い張った。母も祖父と同じように大学で教えているので、本や資料は粗末にできないと思ったらしい。

今日はその形見分けの日なのだ。

タクシー乗り場に行くと、車が一台だけ停まっていた。母が横に立つとドアが開き、わたしもあとについて乗った。車が走り出す。駅前の道を抜け郵便局の角を過ぎると景色が開け、畑が増えてくる。

車のラジオから聞き覚えのある曲が流れてきた。ジブリの『耳をすませば』という映画に挿入されていた「カントリー・ロード」という曲だと思い出した。日本語では「故郷へ帰りたい」という題名だと聞いた。

――むかしは、早くここから出ていきたい、と思ってたんだよね。

いつだったか、祖母の家からの帰り道、この畑ばかりの風景を見ながら母が言っていたのを思い出す。

——出ていきたい、っていうか、出ていかなくちゃいけない、っていうか。ここにいたら世界のどこにもつながれない気がして。

かすかな鼻歌が聴こえてきて、それが母の声だと気づいた。窓の外を見ながら、途切れ途切れに歌っている。広い畑。ゴルフ練習場。遠く富士山が見える。鼻歌を聴きながら、母にとってはこの道はまさにカントリー・ロードなんだな、と思った。

2

祖母の家に着き、タクシーを降りた。むわっと暑い。祖母があまり手入れをできずにいたのだろう、庭が草ぼうぼうになっている。わたしより背の高い雑草が生い茂り、原っぱみたいだ。

インターフォンを押すと、祖母が出てきた。

「ののちゃん」

「おばあちゃん」

にこにこ笑う祖母はむかしと変わらない。でも、前より小さくなったように見える。

「うわあ、大きくなっちゃって」

祖母が笑う。ならんでみると、この前まではわたしより大きかったのに、いまはわたしの方が大きくなっていた。電話で身長のことは話していたけど、実際に自分より小さい祖母を見るとなんだか不思議な気持ちになった。

「ごめんね、庭もこんなぼうぼうになっちゃってて……。手入れしたいんだけどねえ。萌子には、もうおしまいなんだからがんばらなくていいんじゃない、って」

萌子とは叔母、つまり母の妹だ。

「そうだねえ。無理しなくていいと思うよ」

母が答える。

「不動産の会社の人もこのままでいいって言うんだけどね……。気になるけど、引越しの準備もあるし、そこまではできないから……。まあいっか。それより暑いでしょ、なかにはいろう」

祖母はわたしの背中をぽんぽんと叩いた。

部屋のなかはひんやりしていた。いつもそうだ。夏に来ても、この家は不思議と涼しい。玄関からリビングにはいると、これまであった家具が端に寄せられ、組み立て前の新品の段ボール箱が積み重なっていた。今日のお客さんたちが本を詰めるための箱らしい。

今日はその作業を手伝うためにやってきたのだ。わかっていたことなのに、少しショックだった。食器棚のなかは空っぽで、リビングの窓のクラシックなカーテンももう取り外されている。ほんとうにこの家はなくなってしまうんだな、と思った。

あの食器棚には小さな鍵がついていて、その鍵が魔法の鍵みたいで大好きだった。あの中に入っていた花柄のティーカップにガラスの器。うちのシンプルな食器とちがって、祖母の家のものはどれもロマンチックで、特別のもの、という感じがした。

あの食器たちはみんなあたらしい家に持っていく、って言ってたけど……。でもマンションらしいし、ここと同じにはならないよな。

「段ボール箱ね、昨日宅配業者さんが届けてくれた」

祖母が母に言った。

「よかった、間に合った」

母がうなずく。何日か前、母がネットでこの近くの営業所に箱を注文していたのだ。

「お客さんたち、一時過ぎにくるんだっけ。じゃあ、早くご飯食べよう」

「うん。池袋でいろいろ買ってきたよ」

母がデパートで買ったお惣菜を出す。祖母が希望した太巻き。わたしが選んだおにぎりとだし巻き卵。母はいなり寿司。それにみんなで食べるためのお惣菜をいくつか。

「お味噌汁は作っておいたから。あとなすの揚げ浸しもあるよ」

祖母が冷蔵庫からガラスの保存容器を出す。鍋（なべ）にはいった味噌汁をあたため、食卓に出した。


母は自分の買ってきたおかずをつまむと、あわただしく立ちあがった。

「ののかはおばあちゃんとゆっくり食べててね。学校のこととか、いろいろおばあちゃんにお話しして」

お客さんが来るまでにやっておかなければならないことがあるらしい。ばたばたと祖父の書斎に行ってしまった。

「お母さんはいつも忙しいからねえ」

祖母はのんびり笑いながら言った。

「ののちゃんはどうなの？　まだ夏休みじゃないわよねえ」

「でももう期末試験は終わったから。いまは試験休みで、もう夏休みにはいったようなもんだよ」

「そっか。中学校は楽しい？」

「うん」

「でも、小学校とちがって、女の子だけなんでしょう?」

「そうだねえ。面倒なところもあるけど、友だちもできたし、毎日楽しいよ」

苦手な人も少しはいるが、目立ったトラブルはない。趣味の合う友だちもできたし、けっこう充実した日々だと自分でも思う。

「電車通学は?」

「それも大丈夫。塾の駅と同じだし、もう慣れてるから」

「そっかー。お姉ちゃんになったんだねえ」

「問題は朝早いことだけ。これまでより三十分も早く起きなきゃいけないんだ」

小学校は歩いて五分もかからないところにあったのだ。

「三十分。それは大変だね」

祖母は笑ってお茶を淹(い)れる。祖母ののんびりしたテンポも久しぶりだった。

「クラブは文芸部なんでしょう? ののちゃんも子どものころから本が好きだったもんね。おじいちゃんや彩子(あやこ)に似たのかな」

彩子とは母のことだ。

祖父は英米文学の教授。だからこの家には本がたくさんある。母はそのなかで育ったせいか本好きで、自分も大学の先生になった。専門は日本文学で、祖父とはちがうけれど。

それでうちにも本がたくさんある。わたしが本好きになったのもそのせいかもしれない。

「けど、萌子叔母さんはそんなに本好きじゃないでしょう?」

「萌子は洋裁の方が好きだよね。おばあちゃんと同じ。おばあちゃんも本は全然読まない。本のことはまったくわかりません」

あはは、と祖母が笑う。

祖父と祖母は五十年以上いっしょに暮らしてきたのに、こんなにちがっていていいのか、といつも思う。

「文芸部ってどんなことするの?」

「そうだなあ、本を読んで感想を言い合ったり、文集のための創作をしたり」

「創作?　じゃあ、ののちゃんも小説とか書くの?」

「いちおう、短いのなら……」

「うわあ、すごい、今度おばあちゃんにも見せてよ」

「まあ、いいけど。文化祭のときに冊子にまとめるからね」

「じゃあ、文化祭に連れてってもらおう」

「でも、たぶんあんまりうまくないよ」

「そんなこと、ないでしょう?」

「そんなこと、ある。わたし、作文とか、意外とダメみたいで」

「あんなに本読んでるのに？　自分でそう思ってるだけなんじゃないの？」

「ちがうと思う。部活で何度か短い小説を書いてみたけど、うまくいかないの。高等部の先輩たちのなかにはプロなんじゃないか、って思うくらいすごい人もいるし、同じ学年の子たちもみんなすいすい書いてるのに、全然思い通りにならない」

「理想が高すぎるんじゃない？」

「そうじゃないんだよ。できばえ以前に全然書きあがらないの。いろいろ書きたいことはあるし、頭のなかには世界がちゃんとあるんだよ。けど、いざ書きはじめると頭が真っ白になる」

「ののちゃんはどんなお話を書きたいの？」

「うーん、ひとことで言うと、ファンタジー、かな」

「ファンタジー？」

「『ハリー・ポッター』みたいの。『ハリー・ポッター』、わかる？」

ほんとは『ハリー・ポッター』ともちがうんだけど、『ハリー・ポッター』なら祖母も知っているだろうと思ってそう訊いた。

「うん、わかる。魔法が出てくるやつでしょ？」

「そうそう」

頭のなかには世界や登場人物の設定が渦巻いているのに、書こうとすると言葉が出てこない。人物同士が会話するところまでは書けるけど、話がちっとも進まない。

同じ中一で褒められている人を見るとすごく焦る。でも褒められている作品はたいてい現実的なもので、わたしが書きたいのはああいうんじゃない、とも思う。

「それはむずかしそうだねえ」

「なんで？　顧問の先生もそう言うんだけど」

「だって、ないものを書かなくちゃいけないんでしょう？　あるものを書くのだってむずかしいのに、ないものを書くなんて……」

「でも、ないものを書くから楽しいんじゃない？　現実のものを書いたって、面白くもなんともないよ」

顧問の先生も、ファンタジーはむずかしいから、一度身近なところを舞台にして書いてみたら、と言う。身近な場所なんて全然魅力を感じないし、書ける気がしない。

「そうか。お母さんには相談した？」

「してない」

即座に答えた。こんな話、母にはできない。

「お母さんが文学の専門家だから、下手なことは言えない？」

祖母がくすっと笑う。

「それはそうでもない。たしかにちょっと厳しいけど、うまくできてるときはちゃんと褒めてくれるし」

「へえ。ののちゃんは度胸あるね。人に見てもらうのは大事なこと」

「けど、いまはそもそも書けないから」

「そっか。じゃあ、書けない、ってことを相談してみたら？」

「それは無理だよ。なんていうか、お母さん、忙しいし……」

「まあ、彩子はいつもせかせかしてるよね」

「せかせか、っていうより……。お母さんって、あれほど忙しそうなのにちっとも愚痴を言わないんだよ。立派なことだとは思うけど、お母さんの姿を見てると、自分の悩みがくだらなく思えて、話す気が失せる、って言うか……」

最近も……。母は何度も清瀬の家に通い、遺品整理をしていた。

大学の先生といっても、教授だった祖父とちがって母は非常勤講師で、あちこちの大学の授業を掛け持ちしている。授業の内容もいろいろで、かなり遠い大学もある。しかも、祖父が教えていたころとちがって大学も厳しくなり、休講することはほとんどできない。

それでも週に一度はここに来て、わたしが学校から帰ってくる時間までに家に戻っていた。家からここまで往復三時間かかるのに、だ。わたしからしたら信じられないような馬力である。だから、自分のくだらない悩みなど話せない……となってしまうのだ。

「ねえ、おばあちゃん、お母さんってむかしからああだった？」

そうじゃなかった、という答えを少しだけ期待して訊いてみた。

「うーん、むかしからああだったねえ」

「やっぱり……」

予想通りでため息が出る。

「彩子は生真面目すぎて、学校ではあんまり友だちもできなかったみたいで。もう少しのんびりして、やわらかくてもいいんじゃないかなあ、と思ってたけど。いつも前のめりでせかせかしてて、おばあちゃんの言うことなんて全然聞いてなかった。仕事とか勉強を一度やりはじめるといつまでもやってたし」

やっぱりあれくらいパワフルじゃないと仕事なんてできないのかもしれない。

「おじいちゃんも病気になってもずっと仕事してたからね。ふたりとも仕事の虫だよね」

祖母はふふっと笑った。

仕事の虫……。その通りだ。わたしもちょっと笑った。

「研究してるときのおじいちゃんは、心ここにあらずだったからね。病気になって、あんまり仕事ができなくなって、おじいちゃんとはじめて長いことといっしょにいられるようになったんだ。いっしょにいられるのは少しだけうれしかった。おじいちゃんにとっては不幸なことだし、うれしい、なんて言うのはいけないことだと思うけど」

おばあちゃんはきっと、長いこと恋する乙女だったんだな。そのときなぜかそう思った。

「おじいちゃんといっしょにいられることを夢見てたんだ。

おじいちゃんにとっては仕事が命、だから仕事ができないのは辛いだろう、って、彩子はよくそう言ってた。だから彩子にはそんなことはとても言えなかったんだけどね」

祖母はため息をつく。

「でも、きっとおじいちゃんにはわかってたんだと思う。だからさ、最後、謝ってたよ、あんまり長くいられなくてごめんね、って。これまでのことを謝っているんだと思ってたけど、これからあと長くいられない、っていう意味だったんだね、あれは」

そう言って部屋のなかを見まわした。

「おばあちゃん、ほんとに引越して大丈夫？　さびしくない？」

「そりゃさびしいよ。ここにいれば、おじいちゃんがまだいるような気がするし……。それに、いろいろ考えながらちょっとずつ整えてきた家だからね。満足いかないところは直したりして。ここよりいいとこはこの世にないと思う」

「そうだねえ」

たしかに古びてはいるけれど、隅から隅まで祖母の好みで整えられた家だった。

「でも、おばあちゃんももう年で、この広い家の世話をするのもしんどくなってきたし、車に乗って事故起こしたりしても大変だし。このお家を売ればある程度はお金になって、生活にも困らないから」

「でも……」

お金のことはわからないけど、ここを離れたらおばあちゃんがっくりきてしまうんじゃないか。ちょっと心配になる。

「おじいちゃんもいないし、もうみんなも大きくなったでしょう？　だからもうこんなに大きい必要はないかな、って思ったの。あとね、あれ。屋根にハクビシンが住み着いちゃったから……」

祖母はなぜか声をひそめた。

少し前から、夜、屋根からどたどたと音がするようになり、最初は泥棒かもしれない、と思って怖くなり、警察を呼んだりしたらしい。だが、調べてみると、なんと屋根の裏にハクビシンという動物が巣を作り、夜になると活動を始めるみたいだった。

　母とネットで調べたところ、ハクビシンというのはジャコウネコ科の動物で、いつ日本にはいったのかはわからないが、外来種らしい。タヌキとネコを足して二で割ったような姿で、それほど大きなものではないが、屋根の上に住みつかれるのはさすがに困る。といって、鳥獣保護法があるから、簡単に捕獲したりすることもできないらしい。

「もうね、この家はハクビシンに乗っ取られちゃったんだな、って思って、あきらめることにしたの」

　祖母の家の裏には木が生い茂る斜面が広がっていて、母はむかしタヌキを見たことがあると言っていた。それくらい自然の多い土地なのだ。

「それに、次の家もけっこう素敵なのよ。すぐとなりに大きなスーパーやファミレスもあるし、いいところなの。バスに乗ればすぐにおしゃれな街にも出られるんだって。ののちゃんも遊びにきて」

　うん、とうなずきながら、小さいころのことを思い出していた。あのころはよくここに来て、いとこたちと遊んだ。

　叔母（おば）のところには息子がふたりいて、上はわたしのひとつ上、下はふたつ下だ。押入れにはいったり、祖母の家の家具をいろいろ持ち出し、ごっこ遊びをした。思えばあのころの遊びがわたしのファンタジーの設定の原点のような気がする。

いとこふたりがわたしの想像の世界をすべて理解していたかは不明だが、それなりに盛りあがり、みんなで時間を忘れて遊んだ。

祖父が亡くなったあとは受験やらなにやらであまり来られなかったけれど、去年の夏休みに来たとき、祖母がほかに越し、この家を処分する、と聞いて、とてもショックだった。いとこたちも驚き、下の子は嘘でしょ、嘘でしょ、と言って泣いた。

でも、たしかに、いまはいとこと会ってもあのころみたいに遊ぶことはできない。もう押入れにはいれる歳(とし)じゃない。少しさびしい気もした。

3

しばらくすると、祖父の知人たちがやってきた。

いちばん多いのは母と同じくらいの年齢の人たちだが、もっと上の人もいるし、大学生くらいの男の人もいる。ほとんどが祖父の後輩や教え子、それに祖父と仕事をしていた編集者さんたち。教え子のなかには大学の教授になっている人もいて、学生ふたりは手伝いに借り出されてきたらしい。

「今日はこういう機会を作っていただいてほんとにありがとうございます。先生のご本は貴重なものですから、できるかぎり今後に生かしたいと思います」

早瀬さんという白髪のおじさんが祖母に頭をさげる。祖父の教え子で、祖父と同じ大学の教授なのだそうだ。ほかの人たちもみな祖母にお礼を言い、祖母は目を丸くしていた。

「お茶、召しあがりますか？」

祖母が訊く。

「大丈夫です。みんなちゃんと外で飲み物は買ってきましたから」

母より少し若いくらいの男の人が笑顔で答える。

「そうね、時間もかぎられているし、さっそく作業を始めましょうか。ののかはここにある段ボール箱、少しずつ組み立てておいてね」

そうだった。今日はこの作業のお手伝いをすることになっていたのだ。祖父の書斎の床は本を取り出す作業でいっぱいになってしまうだろうから、本が決まった人からここに運び、梱包していくらしい。

「いくつ作ればいい？」

「そうだなあ、とりあえず人数分作っておいて。様子を見て増やしていこう」

母はお客さんを数える。

「十一個、だね」

「わかった」

わたしがうなずくと、母はせかせかとお客さんたちを祖父の書斎に案内していった。

「あの人たちもみんな本の虫だね」

お客さんたちの姿が見えなくなると、祖母はひそっとそう言った。

「じゃ、ののちゃんとおばあちゃんは箱でも作ろうか」

「そうだね」

祖母とふたり、リビングに積みあげられた箱を組み立てる。平たく畳まれた新品の箱を広げ、底を折り曲げ、ガムテープで貼る。

「お母さんが、本は重いから端も貼ったほうがいい、って」

「そうなの」

祖母がうなずく。真ん中の合わせ目を貼ったあと、両端の二辺を貼る。できあがった箱を壁沿いにならべていく。

「彩子は一箱ずつって言ってたけど、あの人たち、絶対もっとたくさん持っていくよ。箱、もうちょっと作っておこう」

十一個作り終わったところで祖母が言った。

「でも、余っちゃったら?」

「まだおばあちゃんも詰めなくちゃならないものがたくさんあるから大丈夫。それに絶対ひとり一箱ですむわけない、って」

祖母は笑った。リビングの床にはまだ余裕がある。とりあえず人数分ひとつずつ壁際にならべ、ほかの箱は積み重ねて部屋の隅に置くことにした。

箱を二十くらい作り終わったとき、書斎の方から大学生がひとりやってきた。軍手をした両手で山のような本を抱えている。

「それで全部ですか?」

「まだまだ全然。これからですよ」

学生さんは笑って言った。

「一度には持てないから、とりあえず持てる分だけ持ってきたんです」

そう言って、本を床におろす。

「運ぶの、手伝いましょうか?」

わたしは訊いた。図書委員だから、本を運ぶのは慣れている。

「いやいや、重いし、女の子に持たせるわけには……」

「そしたら、本を箱に詰めるのをわたしたちでやっておきますよ」

祖母が言った。

「いいんですか？」

「だって、まだまだたくさんあるんですよね？　選ぶだけでも大変でしょ？」

「そうですね……。僕たちは運ぶのに徹した方が良さそうだし……」

「そしたら、箱に名前を書いた紙を貼って、本が運ばれてきたらそれぞれの箱に入れるのはどうでしょう」

　わたしはそう提案した。

「ああ、それならまちがいもなさそうですね。えーと、いま運んできたのは早瀬先生の分なんだけど……。でも、僕も知らない人ばかりで、ほかの人の名前は全部わからないなあ」

　学生さんが首をひねる。

「本人に書いてもらうのはどうですか」

「ああ、そうですね」

「じゃあ、紙を準備して、あとで持っていきます」

　わたしは言った。

「わかりました。じゃあ、皆さんにそう言っておきます」

　学生さんは書斎に戻っていった。

「ののちゃん、すごいねえ」

「そんなことないよ、中学生だもん、これくらいあたりまえだよ」

そう答えたが、祖母に褒(ほ)められてちょっとうれしかった。

「これは早瀬先生って言ってたよね。おばあちゃん、紙あるかな？　あとサインペンと、セロハンテープ」

「あるよ。どこだったかな……。ちょっと待ってて」

祖母が探しに行っているあいだに、さっきの本を箱に詰めた。しばらくして祖母がメモ用紙とサインペンを持ってきた。一枚切り取り、早瀬先生、と書く。

「セロハンテープはなかったけど、メンディングテープがあった」

祖母が黄色いメンディングテープを差し出す。

「引越し作業用に萌子が持ってきてくれたの。でもたくさんあるから大丈夫」

メンディングテープで箱に紙を貼り、立ちあがる。

「じゃあ、わたし、名前書いてもらってくる」

メモ用紙の束とサインペンを持って書斎に向かった。

祖父の書斎にはいると、大変なことになっていた。棚(たな)から本が取り出され、床にいくつも山ができている。棚の本をじっと見つめる人、本を運ぶ人、本の山のとなりに座りこんでいる人。みんな黙々と作業している。

「あの……紙を持ってきたんですけど……」

お名前を書いていただけますか、と言うはずだったのに、みんなの視線が集まると恥ずかしくなってそこで止まってしまった。

「ああ、名前書くんだね。ありがとう。皆さん、順番にこちらに名前記入してください」

早瀬さんが助け舟を出してくれた。

「すみません、助かります」

近くにいた女の人が立ちあがり、メモ用紙に名前を書いてくれた。みんなが次々にやってきて、名前を書いていく。

待っているあいだ、ぼんやり本棚を見ていた。壁一面、天井まで伸びた作りつけの本棚。祖父の自慢の棚だった。

外国語の本も多くて、小さいころのわたしには読めないものばかりだったが、本がぎっしり詰まったこの棚はとてもかっこよくて、いつかこんな本棚が欲しい、とずっと思っていた。

亡くなる前、祖父は自分でも親しい人たちに形見分けをしていたらしい。訪ねてきた人に欲しい本を聞いて、持って帰ってもらっていた。今日もこうやってお客さんが本を選び出しているので、棚はだいぶすかすかになっていた。

本が少なくなった分、本棚の輝きも目減りしてしまったようで、あの輝きは棚ではなくてそこに詰まった本から発せられていたのだ、と気づいた。

祖父が生きていたころ、おじいちゃんは本当にこの本を全部読んだの、と訊いたことを思い出した。読んだ本もあるし、これから読む本もあるよ、と言っていたが、割合は教えてくれなかった。

家にとっては、住んでいる人が魂みたいなものなのかもしれない、とも思った。祖父母が揃(そろ)ってこの大きな家を支えていた。でも祖父がいなくなったから魂が弱って、だからハクビシンが住み着いたりしたのかもしれない。

全員が名前を書き終わり、メモ用紙を持って部屋を出ようとしたとき、母に呼ばれた。

「ののかも欲しい本があったら持って帰っていいんだよ。おじいちゃんが、ここにある幻想文学全集はののちゃんに、って言ってたし」

「ほんと?」

海外の幻想文学を集めた全集だ。ずいぶんむかし、この棚の前にすわりこんで読んだのを思い出した。あのころのわたしにはむずかしい漢字も多かったけれど、学校の図書室では見たことのないお話がたくさん載っていて、どきどきしながら読んでいた。

「こういう全集にはいってる作品は、このときぎりになっちゃうものも多いからね。いま探しても見つからない作品も多いと思うよ」

　そばを通りかかったおじさんが言う。

「じゃあ、もらってく」

　もうほかでは読めない、というのもあるが、祖父の形見だし、この本棚に収められていた本を持っていれば、いつでもこの立派な本棚を思い出せるし、本棚のパワーの一部が手にはいる気がした。

「そしたら向こうに運んで、自分の箱を作って入れておいて。皆さんのといっしょに発送するから」

　母が言った。全集は冊数が多く、一度では運び切れそうにない。半分だけ持って、リビングに戻った。

「あれ、ののちゃんも本もらってきちゃった。じゃあ、ののちゃんの箱も作らないとね」

　祖母が笑った。

　箱に名前を書いた紙を貼り、学生さんたちが持ってきた本をそれぞれの箱に詰める。最初のうちは余裕だったが、運ばれてくる本の量がだんだん増えてきて、こちらの作業も忙しくなってきた。

食器に比べれば本は四角いから箱に詰めやすい。そんな気がしていたけれど、意外といろいろな大きさがあって、箱にぴったりおさめられない。大きさのちがう本をうまい具合に箱に詰めるのはけっこう頭を使う。

それに貧乏性というか、ひとつの箱にできるだけ無駄なく本を詰めたい、という謎の欲求が出てきて、パズルみたいに組み合わせを考えたりしているので時間もかかった。

本を運んでくる学生さんたちも、俺、もう腰痛いですよ、などと音をあげ、みんなへとへとになってしまったので一度だけ休憩をとった。祖母がコーヒーと紅茶を淹れ、リビングに運ぶ。

「いやあ、想像以上に大変でしたね」

母より少し若そうなおじさんがコーヒーをすすりながら笑った。

「まあ、そこは冨原先生の書斎だからね」

ほかのお客さんも笑う。

でもこれだけの文献がそろっているところはなかなかないですよ、図書館にもない論文もあって助かりました、などと口々に言っている。会話に出てくる本や論文のタイトルも人名もほとんど英語で、全然わからなかったけれど、これが研究者というものなんだな、とぼんやり思った。

三十分ほど休憩すると、みんなまた作業に戻っていった。それから六時過ぎまで作業が続いた。お客さんたちにそれぞれ宅配便の伝票を書いてもらい、蓋を閉じて伝票を貼る。

結局、少ない人で箱三個。多い人は六個までは詰めたけれど、まだ全部見切れていないし、箱も足りなくなってしまったらしい。形見分けの会を何度か設け、別の日にもう一度来て箱詰めしてもらうことになった。宅配便の営業所ももう今日は閉まっていて、明日の集荷を予約し、ついでに箱も追加注文した。

お客さんが帰ったあと、三人で食事した。母もへとへとだったが、もう引越しのために布団の類も処分してしまっていたし、ここには泊まれない。タクシーを呼んで清瀬駅に出る。階段をのぼり、改札口へ。

「そういえば、ののか、小さいころ電車のなかに忘れ物したことがあったよねえ」

券売機の方を見ながら母が言った。

「え、そんなことあったっけ」

「あったんだよ。夏休みにおばあちゃんちに行くとき、ののかがどうしても虫カゴと虫取り網を持っていく、って言い張って。自分で持つ、絶対に忘れない、って言ってたのに、電車のなかに忘れちゃって」

「ああ、あったね。思い出した」

おぼろげに記憶がよみがえってくる。夏休み中、父が出張に出ているときに、母とよく清瀬の家に泊まりに行った。父が忙しいので家族旅行にはほとんど行けなかったから、わたしにとっては清瀬の家が夏休み旅行みたいなものだったのだ。

庭も広いし、おじいちゃん、おばあちゃんやいとこたちとも会える。みんなで庭にテントを張ったり、花火をしたり。小さいころは旅行といっても景色なんか見てないし、清瀬の家に行くのはじゅうぶん楽しいイベントだった。

庭には祖母の育てた花がたくさん咲いて、よく蝶がきた。別に昆虫採集にはまっていたとかそういうことではなくて、いとこたちも来るし、なんとなく虫取り網を持っていったら楽しいかもと思ったのだ。

もちろん母には反対された。首にかけられるカゴはともかく、虫取り網は長いし、手で持たなければならない。泊まりがけだからただでさえ荷物が多く、そのほとんどを母が持っているのだ。

いま考えれば、そこにさらに網が増えるのは迷惑以外なにものでもない。網は絶対ににがあっても自分で持つ、と約束して、ようやく持っていくことを許された。

なのに、わたしは電車のなかで席のとなりに網を立てかけたまますっかり眠ってしまい、母と駅に降り立ってから網を忘れたことに気づいた。

「あーもう、って思ったけど、ののかは泣いてるし、迎えにきたおばあちゃんも心配するし。仕方ないからここの窓口で駅員さんに言ったのよ。いま行った電車のなかに忘れ物しました、って」

母が券売機の隣の小さな窓を見る。

「仕事のあと来たから、もう夜だったのよね。電車も空いてる時間で、駅員さんがすぐに問い合わせてくれた。何両目あたりかもわかってたし、次の次の所沢駅に着いたとき、所沢駅の駅員さんが電車にはいって、見つけてくれたんだよ」

そうだったんだ……。母、清瀬の駅員さん、所沢の駅員さん、多方面に渡って申し訳ない気持ちでいっぱいになる。

「それでどうなったの？」

「わたしがひとりで所沢駅まで取りに行ったのよ。そのあいだ、ののかとおばあちゃんはここで待ってた」

そうだった。母は取りに行く、って言って改札口にはいっていって、なかなか帰ってこなかった。わたしは祖母とふたりで券売機の横で「ずいずいずっころばし」や「おせんべ焼けたかな」をしながら、母が戻ってくるのを待った。

「そうそう、あのときはおばあちゃんがひとりで迎えにきて、たまたまそのあと買い物があったから車も駐車場にとめてあって……」

いつもは車はロータリーの隅っこにとめて、おじいちゃんはそこで待っていて、おばあちゃんが改札まで迎えにきていた。

「おじいちゃんは？」

「たぶんいなかったんだよ。大学関係の会合で出かけてたんじゃないかな」

そうか。何年か前まで、祖父は仕事で遠くまで旅行に行ったりもしてた。急に具合が悪くなって、半年で亡くなってしまったけど。それまでは車だって運転していて、帰りはよくうちまで車で送ってくれた。

駅はなにも変わってないけど……。少しずついろんなものがなくなって、なくなったものはもう戻ってこない。券売機の横、祖母とふたりで遊びながら母を待っていたあたりをもう一度ちらっと見た。

「あ、電車来るよ、急ごう」

母に言われ、改札を抜ける。階段を駆けおりると電車がホームにはいってきた。もう遅いし、のぼりだからがらがらだ。座席に腰をおろすと、母はすぐに眠ってしまった。爆睡である。みっともない気もするが、大変だったんだから仕方ない。

近くにはほかの乗客もいないし、起こさずにしておいた。そのうちわたしも眠ってしまったらしく、母に突(つつ)かれて起きると、池袋駅に着いていた。

4

それからも母は何度か実家に行った。大学も夏休みにはいり、少し時間に余裕ができたらしい。あのときのお客さんから話が伝わり、ほかにも何人か本を持っていく人たちがやってきて、さらに残った本はその筋にくわしい古書店に引き取ってもらった。

わたしも夏休みにはいったが、部活や合宿があったりで、なかなか手伝いに行けなかった。祖母も途中であたらしい家に引越してしまったので、そのあとは母が鍵(かぎ)を持ってだれもいない家に行き、鍵をあけ、冷房をつけて作業をしているらしい。残った書類も母が整理し、重要と思われるものは保管し、残りは処分、という作業を続けていた。

暑い時期だし、往復だけでも大変だから、家に帰ってきたあとぼんやりしていたり、疲れてソファでぐったり眠ってしまうことも多かった。

母にとっては生まれたときから大人になって家を出るまで住んでいた家だから、なくなってしまうのは辛(つら)いのだろう。

今日も家に帰ってくるなりソファに座りこみ、わたし、なんのためにこんなことしてるんだろう、とぼやいた。

「なんのために、って……。おじいちゃんのためじゃないの？」

「でも、おじいちゃんはもう死んでるんだよ。一生懸命やったって、褒(ほ)めてくれるわけでもない。おばあちゃんは、もうここまでやったんだからおじいちゃんも満足してるよ、あんたも忙しいんだからいい加減にしておきなさい、って言うだけ」

「おばあちゃんはお母さんのこと心配してるんでしょ？」

「それはわかる。けどさ……。いまわたしのやってることって、ほかのだれにとっても意味のないことなんだ、自己満足なんだ、って思うと、なんだか悲しくなる」

「うーん。それ、たぶん疲れてるからだよ。身体(からだ)が疲れてるから心も疲れて、気分がうしろ向きになってる。そういうことじゃない？」

できるだけ軽い口調で言った。

「それもあるけど……。きっとそういうことじゃないんだよ」

母が頭をかかえる。

「あの家はわたしにとってすごく大きな存在で……あれがなくなるってことは、わたしの世界の一部が消えてなくなるってことで……とくにあの書斎は、わたしはずっとあそこの本を見ながら育って、あそこがあるから自分のやってることも許されている気がしてたんだと思う」

「はあ……」

　これはいかん。あれだ。母がめちゃくちゃ疲れるとときどきなるあれ。マイナス思考が加速し、自分のなかをどんどん悪い方に掘っていくやつ。

　もともと母はあまり愚痴(ぐち)や文句を口にしない。ひとりで背負いこみ、ただ黙々と仕事をこなす。やらなければならないことの量が増えるとなにもかも機械的にこなすだけになり、感情に蓋をする。ところがあるときそれが漏(も)れ出してしまうのだ。

　溜めこむだけ溜めこんでいるので、いったん漏れ出すとじわじわとあふれてくる。人のことを責めない代わりに自分を責める。キリがない。

「お父さんも働いているんだし、わたしはほんとは仕事なんかしなくていいんだ。大学で教えてるって言ったって非常勤で、常勤にはたぶんなれない。能力なかったんだよ。研究したいからしがみついてるだけで、単なるエゴなんだ」

　それはちがうでしょ。お母さんが常勤になれないのは、ほとんどひとりで育児をしなければいけなかったから。父がそう言っていたのを思い出したが、母が育てていたのはほかならぬわたしである。どう言ったらいいのかわからない。

「家のことをちゃんとした方がよっぽどみんなのためになるよね。そしたら、お父さんの赴任先についていくことだってできたかもしれないし」

「いやいや、なに言ってるの？　東京に残ったのはお母さんの仕事のためだけじゃなくて、わたしの中学入試のことがあったからでしょ？　わたし、いまの学校に行けてよかったと思ってる。小学校の友だちとも離れなくてすんだんだし。だいたい、お父さんもわたしもそんなこと望んでないよ。お母さんにもやりたいことをやってもらいたいんだよ。お母さん、塾のときのお弁当だって作ってくれたし、いまだって……」

そこまで言ってはっとする。中学にあがって給食がなくなった。うちの学校は食堂もないし、購買にもお弁当のようなものは売られていない。だから毎日お弁当だ。月曜から土曜まで毎朝母がお弁当を作っている。

そうだ、いまだってそういうところが母の時間を圧迫してるんだ。ぐっと歯噛みした。

「結局、本の整理だって、わたしが勝手にやってるだけ。だれも喜んでない」

「そんなことないでしょ、お客さんたちみんな感謝してたじゃない」

どうしよう、どんどんまずい方に行っちゃってる。

「お客さんたちのことじゃなくて……。貴重な本が処分されるのは良くないことだし、お客さんたちが喜んでくれてるのはわかってるよ。でも、そういうことじゃなくて、おばあちゃんが……」

母はそこで言い淀(よど)んだ。

「大変だからほどほどにしなさい、とか、ののちゃんもいるんだし家のことをしっかりやった方がいいよ、とかばっかりで。あの本がどれほど大事なものか、ちっとも考えようとしない。わたしが働いてるのだって、別にいいことだと思ってないんだよ、結局。子どものころから、本の虫とか言ってさ。頭でっかちで、自分のことしか考えてない。女の子なんだから、もっとまわりの人の気持ちを考えて、って……」

なに言ってるんだろう？　それに、ちょっといらいらしてきた。なんなんだ、なにが言いたいんだ、結局。

「じゃあさ、お母さんはどうなれば満足なの？」

「満足……？」

母がぼんやりつぶやき、目を伏せる。

「つまりお母さんは、おじいちゃんやおばあちゃんに褒められたかった、ってこと？」

わたしが問い詰めると、母は顔をあげた。

「ああ、そうかも……。そうだね」

妙に素直に母がうなずいた。

「じゃあさ、それは仕方ないよ。おじいちゃんはもう死んじゃったんだし。お母さんももう立派な大人だから……おばあちゃんも褒められないんだよ」

――おじいちゃんも彩子もむずかしいことばっか考えてるからね、おばあちゃんには全然わからない。彩子のやってることがまちがってる、と思うときもあるけど、彩子は言葉が強いから、いつもやりこめられちゃって。だから彩子にはなにも言えない。

いつだったか、おばあちゃんがそう言っていたのを思い出した。

「よくわからないけど、褒めるって、上からすることでしょう？ おばあちゃん、お母さんは自分にはわからない立派な仕事もしてるし、なにも知らない自分が褒めたりできるもんじゃない、って思ってるんじゃないの？」

「おばあちゃんはいつもそうだった。おじいちゃんの仕事も、わたしの仕事も全然見ない。わかるかどうかじゃないんだよ。がんばってるって認めてほしいだけ。おじいちゃんだってさびしかったんじゃないか、ってずっと思ってたよ。それはおじいちゃんのせいでもあるんだけど。研究のことはおばあちゃんにはわからない、ってよく言ってたから。おたがい全然わかってなかった。同じ家に住んでたのに。わたしはそれがずっといやで……」

母が頭をかかえる。

「けど、仕方ないことかもしれないね。人はみんなちがうし、ひとりの人にできることはかぎられてる。うちだってそうだ。お父さんはわたしの研究の内容に全然関心ないし、わたしもお父さんの仕事の内容、わかってない」

　母が顔をあげ、ため息をついた。言われてはっとした。わたしだってそうだ。お父さんやお母さんの仕事がなんなのか、ちゃんと考えたことなんてなかった。

「わたしもわかってなかったと思う。でも、お父さんもわたしも、お母さんにもしたいことをしてほしいんだ。あんまり力になれてないけど、それはほんとなんだよ」

「そうか。そうだよね」

　母がほっと息をつく。

「ののか、明日からは部活、お休みなんだよね」

「うん。明日からお盆終わりまではお休み」

「そしたら、明日もう一度おばあちゃんち行くんだけど、いっしょに行ってくれる?」

「いいよ」

「もう今週中に不動産業者さんに鍵を渡すんだって。わたしは明後日から集中講義がはじまるから、明日があの家に行ける最後の日なんだ。ほとんど作業は終わってるけど、あともう少ししたいことがあるから」

「わかった。手伝う」
わたしは答えた。

翌日、朝早く家を出て、清瀬の家に向かった。今日はもうお客さんもいないし、清瀬駅からのんびりバスに乗った。バス停から住宅街を歩き、祖父母が住んでいたあの家へ。日差しが強い。

母の一家があの家に越してきたのは母が三歳のとき。ちょうどそのころ開発された新興住宅地らしく、母が子どものころはまわりの家も全部新しかったのだそうだ。ところどころ空き地もあった。だんだんその空き地が埋まって子どもも増えてにぎやかになり、やがて子どもたちは育って家を出ていき……。

もう五十年も経つからね。いつだったか母はそう言った。いつのまにか空き家が増え、住んでいる人も老人ばかりになった。

次のマンションの方が便利だし、おばあちゃんにとってもそっちの方がきっといい。母も萌子叔母（おば）さんもそう言っていた。

家に着く。だれも住んでいないからインターフォンを押すこともない。祖母が出てくることもない。母が玄関に行き、鍵を開ける。クーラーがついていないから暑かった。母がリビングと書斎のクーラーをつける。

もう家具もなにもなく、がらんとしていた。胸がぎゅっとした。わたしが好きだった食器棚も、壁に飾られた絵も、いとこたちとぐるぐるまわして遊んだ椅子もない。

「殺風景で、さびしいでしょ」

母がつぶやく。

なんか、見ない方がよかったのかな、とちょっと思った。見ないままだったら、あのにぎやかな部屋の思い出をそのままとっておけたのかもしれない。

だけど、祖母も萌子叔母さんも母もここを空っぽにする仕事をずっと続けてきたのだ。わたしも最後だけでも手伝いたかった。

祖父の書斎には家具が残っていた。新しい家に持っていっても使う人がいないから、全部おいていくことになったのだ。このまま不動産業者さんに渡して、処分してもらうらしい。棚ももうほとんど空っぽになっていた。

机の上に書類の山があり、母がそれを分け、いる、と判断されたものだけわたしが段ボール箱に詰めてゆく。不要なものはそのまま残しておけば業者の人が処分してくれるらしい。祖父の直筆の原稿、論文、資料、手紙類……。

「これは……わからないわね」

母はときどき首をかしげる。

「わからないって？」

「残すべきか処分すべきか、ってこと。そもそもわたしにとっては専門外の分野だから、正直に言うとわたしが決めていいのかわからないところもあって……」

「じゃあ、この前いらした先生たちに訊いたら？」

「先生方が必要だと思う論文や資料は、この前持っていかれたから。ここはもう少し下書き的な内容のものが多くて……」

「そうなんだ」

「いますぐだれかが使うようなものはきっとほとんど残ってない。だけど、もし将来だれかが別の観点で文献を探すとき、役に立つものが残っているかもしれない。だからいちおう保存しておいた方がいいのかも、とも思うし……」

山積みになっている書類を見おろし、ため息をつく。

「ああ、でも、おじいちゃんのメモ書きはおじいちゃん自身にしかわからないし、残しても仕方ないものも多いよね。全部はとっておけないんだから、ある程度思い切って処分しないと……」

母はいくつかの書類を「いらない」の束に分けた。「いる」と言われたものだけ黙々と箱に詰めていく。

　祖父の名残がどんどんなくなっていくようで、悲しかった。ひとりの人の生きていた証がばらばらになって宙に散っていく。母の気持ちがめりこんでしまったのも、この作業をしていたからにちがいない。

　母もわたしもなにもしゃべらず、ただ黙々と作業をした。お昼はリビングに戻って、来る途中に買ってきたお弁当を出した。母が作業するから今週いっぱいは電気と水道は通っているが、ガスはもうとめてしまった。だからお湯も沸かせない。

「おじいちゃん、遺品の整理でみんなに迷惑かけたくない、って言って、亡くなる前に自分でずいぶん処理をしてたのね。それでもあれだけ残っちゃって……」

　母が笑った。

「お母さん、大変だったよね。おばあちゃんも、叔母さんも」

「まあね。大変だけど、迷惑じゃなかった。亡くなったあとだけど、おじいちゃんの仕事と少しだけ向き合えたし。ほんとは生きてたころにもっと話しておけばよかったんだけど、亡くなってからじゃないとわからないこともたくさんあった気がする」

　亡くなってからでないとわからないこと。その言葉がなんだかさびしくて、胸のなかにひゅうっと風が吹き抜けたみたいになる。

「こうやってひとつずつものを見て、いらないものにお別れして……。そうすることで少しずつおじいちゃんを送り出してる。全部きれいに処分されて、ものがひとつも残ってなかったら、こういう時間も持てなかった。そしたら、おじいちゃんがいなくなったことをちゃんと理解できなかったかもしれない」

母の言葉の意味が完全に理解できたかわからない。だけど、そういうものなのかもしれない、という気はして、わからないままのみこむことにした。

テーブルもなにもないリビングで、お弁当を食べ、ペットボトルのお茶を飲む。母はわたしが小さかったころにここに来たときの話をした。わたしはなぜか和室の畳(たたみ)の上で母が寝ていたことを思い出した。

かなり小さいころのことなのによく覚えているのは、母が眠っている姿がめずらしかったからだ。母はいつもわたしより先に起き、眠るのもわたしが寝たあとだった。小さいころのわたしは、母が眠っているのを見たことがなかった。

眠らないと思っていたわけではないんだろうが、母が眠るかどうかなんて、考えたこともなかった。ここに来て、母が昼寝している姿をはじめて見て、お母さんも眠るんだ、とびっくりした。

——お母さんも寝るんだ。

小声で祖母に言うと、しいっと指を口に当てた。

――ゆっくり寝かせておいてあげなね。お母さんは、家ではいつもはののちゃんが起きてるあいだ、ずっと起きてなくちゃならないんだよ。ここではおじいちゃんもおばあちゃんもいるからお昼寝できるんだね。

祖母が言った。この家に来るときは、母も子どもに返っていたのかもしれない。ここがなくなったら、母が子どもに返れる場所はなくなってしまうんだな、と思った。


一日がかりでなんとか整理を終えた。宅配便の営業所はもう閉まっているから、段ボール箱四つをタクシーで運び、清瀬駅のコンビニから発送することになった。

母は明日からの集中講義の準備もあるし、途中で夕食もとらなければならない。タクシーを呼ぶと意外に早く来て、ばたばたと鍵(かぎ)を閉め、家を出た。タクシーを降り、コンビニで箱を発送し、駅の階段をのぼる。

時間が遅いので電車はなかなか来なかった。自販機で飲み物を買い、母とふたり、ぼんやり駅のベンチに座る。最後、もっとしっかりお別れをした方がよかったんじゃないか、と訊いたけれど、母は、この数週間のあいだにちゃんとしたから大丈夫だよ、と笑った。

ようやく電車が来て、池袋へ。迷路のような池袋駅の構内を歩き、山手線のホームへ。

目黒の駅ビルで夕食をとり、目黒線に乗った。母はまた爆睡してしまい、わたしは乗り過ごさないようにじっと我慢して起きていた。

多摩川駅で乗り換え、家に戻る。鍵を差しこんだとたん、母が、あっ、と声をあげた。

「どうしたの？」

「ない」

母が立ち尽くしている。

「ない、って、なにが？」

「忘れた」

「だから、なにを？」

「紙袋」

「あっ」

思い出した。箱のほかに紙袋があったのだ。母はたしか、これは家に持って帰るもの、と言っていた。

まさか、電車のなかに忘れた？　西武池袋線、山手線、東急目黒線、東急多摩川線。電車を四つも乗り継いで帰ってきた。そのどれに忘れたんだろう。母が爆睡してしまった目黒線だろうか。

いや、でも……。あのときは紙袋なんかなかった気がする。駅ビルで夕食をとったときも……。考えたら、池袋で母のあとを追って歩いていたときも、母の手に紙袋はなかった。じゃあ、西武線？

いや、もしかしたらコンビニで荷物を出したときかもしれない。あるいはタクシーのなか……。あのときは段ボール箱をおろすのに必死だったから……。

どうしたらいいんだろう。西武線や清瀬のコンビニ、タクシーのなかだったとしたら、もうだいぶ時間が経ってる。わたしの虫取り網（あみ）のときとはわけがちがう。いまから問い合わせて見つかるのだろうか。

「たぶん、家だ」

母がぼそっとつぶやく。

「家？」

「あのとき、タクシーが来て、段ボール箱を運ぶために玄関に紙袋を置いた。それでそのまま忘れちゃったんだ。タクシーのなかではカバンしか持ってなかったと思う」

「まちがいない？」

「うん。まちがいない。玄関の壁に袋を立てかけたところまでは覚えてるから」

「よかったあ。じゃあ、取りに帰れば……」

「帰れないよ」

母の顔はこわばっている。

「え？」

「いまから戻ったら向こうには着けるけど、こっちに戻ってこられなくなる」

たしかにのぼりの終電には間に合わないかもしれない。

「けど、明日とか……」

そこまで言って口をつぐむ。母は明日から三日間集中講義。しかも、行き先が母が通っているなかでいちばん遠い大学なのだ。授業は十時から五時ごろまでだけど、片道二時間かかる。清瀬とは全然別の方向だし、大学のあと行くことなんてできない。

「鍵は今週中に業者さんに渡さなきゃならないんだって。だから明後日には萌子に送らないと……」

「延ばせないの？」

「もう延ばせない。これでも延ばしてもらったんだよ。もう来週には不用品の撤去と解体作業をはじめないといけないんだって」

「じゃあ、萌子叔母さんに頼むとか……」

「萌子だって忙しいもん。頼めないよ」

母は扉を抜け、靴のまま玄関に腰をおろす。

「もう諦める」

「え？」

「あの紙袋にはいっているのは個人的なものだから。資料とか、絶対に必要なものじゃないの。なんとなく気になって持って帰ろうと思っただけで……」

「なにがはいってるの？」

「わたしが子どものころに作った旅行記とか……。おじいちゃんが旅先で買ってきてくれたお土産の置物とか……」

「それ、お母さんのものじゃない。なんであの家に置いたままなの？」

母が家を出てもう二十年以上経っている。母と萌子叔母さんの使っていた部屋は、改築されておばあちゃんが洋裁したりするための作業部屋になっていたし、持ち物も残っていなかった。

「家を出るとき、置いていったんだよね。小さいころ好きだった絵本とか、置物とか、みんな。もう大人になったんだから、こういうのにこだわっちゃいけない、と思って。いつかみんな捨てるつもりだった」

「そうなの？　わたしが小学校のころのものを捨てようとするととめるのに」

中学にあがって部屋を大掃除したとき、友だちからもらった手作りの品とか、学校で描いた絵とか、当時は大事だったけどいま見るとよくわからないものたちを処分しようとしたら、母にとめられたのだ。そういうのは捨てると二度と戻ってこないから、と言って。

「そうだよねえ。人にはそう言うのに……。でもあのころは、大人になるには子ども時代のものを一度全部捨てないとダメなのかな、って思ってたんだよね。最初の勤め先もそんなに遠くなかったけど、家を出てひとりで住まないといけない、って思ってたし」

母は座りこんだままうなだれる。

「でも、なんでそれがいまでもあの家にあったの？」

「おじいちゃんが全部とっておいたんだよね。萌子とわたしの小学校のころの成績表とか文集とか、そういうのまで全部。ものを捨てられない人だったから。おじいちゃんが亡くなって、整理してたら出てきたんだよ」

母の話はわかるようでわからない。旅行記なんて大事な記念じゃないか。大人になるには大事なものを捨てなければならないとはどういうことか。

「全部捨てちゃおうと思って、そのまま置いてくるつもりだった。けど、あの家がなくなる、って思ったら、なんとなく惜しくなって、少しだけでも持って帰ってこようと思って……。なのに、忘れた」

はあっと大きく息をつくのがわかった。

「もういいんだ。あきらめる」

妙にさばさばした声で言って、顔をあげる。

「あのころのものは全部心のなかにあるんだし、ものがなくたって大丈夫だよ」

そう言って立ちあがった。リビングにはいり、電気をつける。

「ほんとに大丈夫？」

「大丈夫だよ。それに、きっともう子どものころのものなんて必要ない。おじいちゃんが亡くなって、家がなくなって、なんだか自分の世界が壊れていくみたいで怖かっただけ。でもさ、もともとおじいちゃんとすごく仲よかったわけでもないでしょう？　似た仕事をしてるから、たしかに尊敬はしてるけど、ジャンルもちがうし、わたしにはわたしの道があるし、お父さんやののかもいるし……ねえ」

わけのわからないところで同意を求められる。それとこれとは別なんじゃないか、と思ったが、うなずかないといけない気がして、とりあえずうなずく。

困ったな、と思った。母はいつもこうだ。大丈夫、と言いながら全然大丈夫じゃないし、隠しているつもりなんだろうが、全部態度に出てしまう。面倒くさい性格だ。

——お母さんはなんでもひとりで背負って、だれにも頼ろうとしないからな。俺が帰れないのがいけないんだってわかってるけど……。

　いつだったか父がぼそっと言っていたのを思い出した。

「あのさ、お母さん」

　仕方ないな、と思いながら言った。

「わたし、明日取りに行こうか？」

「え？」

　母が驚いたような顔でこっちを見た。

「いまは部活ないし、わたしがひとりで取りに行けばいいんじゃないかと思って」

「え、いいよ、いいよ、そこまでするようなことじゃ……」

　そこまでするようなことじゃない？　ちょっといらっとした。そこまで、ってなんだ？　わたしが清瀬に取りに行くってそんなに大ごと？

「旅行記ってめちゃ大事な記念品でしょ。わたしも見てみたいし」

「けど、遠いよ」

「もう何回も行ってるじゃない」

「でも、ひとりで行ったことはないでしょ？　行き方わかるの？　大丈夫、平気だよ。もともと捨てようと思ってたものなんだし」

「もう、いい加減にしてよ」

思わず口調が強くなる。なんで行けないと思うの？　もう中学生なのに。甘く見ないでほしかった。

「わたしだってね、お母さんに心残りがあるのがいやなんだよ。自分にもできることなのにしなかった、って思ったら、わたしだって後味が悪い。それだったら取りに行った方がマシだから」

ああ、なんか意地悪な言い方しちゃった。でも、抑えられなかった。

「お母さんはいつもわたしのお弁当作ってくれてるんだから、わたしがなにかしたっていいじゃない？　お母さんはいつもそう。お父さんに対しても、わたしに対しても。人になにかしてもらうのがそんなにいや？」

「そうじゃないよ、そうじゃないけど……」

「じゃあ、なに？　できないと思ってるの？　もう中学生で電車通学もしてるし、小学校卒業のときも、友だちと遠くのテーマパークまで行ってるし、それくらいできるに決まってるでしょ」

意地になって言い切ったが、ほんとは少し不安だった。

中学は電車通学といってもほんの七、八分。多摩川で一度乗り換えるが、小さい駅だから簡単だ。塾で二年間通っていたのと同じ駅だし。ああ、でもそれだって、塾に通い始める前に母といっしょに行って、練習したんだっけ。

テーマパークだって、友だちについていっただけ。清瀬もいつも母に連れられていっている。乗り換えも多いし、池袋線の急行だの準急だの、全然わからない。だいたいあんなに長くひとりで電車に乗ったことなんてない。

「わかった。じゃあ、お願いするよ」

母がわたしの目をじっと見る。もう引きさがれない。母が差し出した清瀬の家の鍵を受け取り、うなずいた。

5

次の朝、母が出かけたあと、わたしも家を出た。

沼部駅から電車に乗る。多摩川で目黒線に乗り換えて、目黒へ。乗り換え検索用のアプリで見ると東横線で渋谷に出た方が少し早いみたいだったけど、目黒線の方が慣れてるし、渋谷の乗り換えは複雑で自信がなかった。

目黒駅の乗り換えも、ひとりでやろうとするとちょっと迷った。いつもはただぼんやり母についていっていただけだったんだな、と思う。山手線にひとりで乗るのもはじめてだ。人がたくさんいて、なんとなく怖い。

　ちょっと混んでいたけど、渋谷で座ることができた。まわりにはいろんな人がいた。サラリーマン風の人、ハデハデメイクの女の人、ミュージシャンみたいな男の人、学生さんの集団、トランクを持った外国人観光客。東京だなあ、と思う。

　池袋で降り、西武池袋線へ。ここはいつもわけがわからない、と思っていたけど、やっぱり少し迷った。見覚えがあるようなないような。天井からぶらさがっている表示を見ながらそろそろと進む。人の流れが早くて、ぶつかりそうになる。

　ようやく見覚えのある通路に出てほっとした。ここはいつも通ってるところだ。大丈夫、まちがえてない。デパートの地下の入口が見え、よくパンを買うお店もあった。よくここからデパートの地下にはいって、お惣菜(そうざい)を買った。

　広い改札口が見えてくる。さてここからがまたひとつ難関だ。天井から吊られた表示板を見つめる。

　――各停は遅いから乗っちゃダメ。準急か快速なら清瀬にもとまる。それか急行とかに乗って途中で各停に乗り換える。最近はわたしも知らない種類のやつがあるから、あとは表示をよく見てね。

母の言葉を思い出す。見ると、三分後に急行飯能行きというのがあるみたいだ。五番線。たぶんこれでいいはず。おそるおそるエスカレーターに乗り、ホームに出た。五番線に急行飯能行きが停まっている。

前の方はまだ座席が空いていて、何度も確認しながら電車に乗った。これで一安心だ。でも、急行だから途中で各停に乗り換えなくちゃいけないんだっけ。

スマホを出し、もう一度検索。ひばりヶ丘で乗り換え、とある。ひばりヶ丘。そうそう、母と行くときもよくここで乗り換えた。

電車が動き出す。乗り換え損ねるのが怖いから、本は読まないことにした。でも眠ってしまうのもまずいから、じっと外の風景を見ていた。しばらくは密集した住宅街が続くが、だんだん畑も増えてくる。土地が平らで、空が広い。

石神井公園を過ぎ、次はひばりヶ丘、というアナウンスが流れた。小さいころ、清瀬に行くたびに、なんて遠いんだ、と思っていた。乗り換えても乗り換えてもなかなか着かない。まだ、まだ、と何度も訊いた。

でもいまは、その長い道のりをひとりで移動している。なんというか、ちょっとした旅行である。すごい。祖父や祖母が聞いたらびっくりするだろう。もう駅に着いてもふたりとも待っていないのだけれど。

ひばりヶ丘で乗り換えて、清瀬までは二駅。見覚えのあるホームに降り立つ。人々の列のうしろにつき、エスカレーターに乗る。見慣れた風景にほっとした。

改札を出て向かいの券売機を見たとき、虫取り網を忘れたときの話を思い出した。あのときは母がわたしの忘れ物を取りに行ってくれた。だから、今回であいこじゃないですか。ほんとはもっと山のように返さなきゃならないことがあるような気もするけど。

待ってるあいだ、あそこで、祖母と「ずいずいずっころばし」や「おせんべ焼けたかな」をしたんだよなあ。あれ、けっこう楽しかった。だから最初は泣いてたけど、遊んでるうちに虫取り網のこともだんだんどうでも良くなって……。

あのころは祖母の方がわたしよりずっと大きくて、いつも祖母の顔を見あげていた。祖母の家に行くには北口、改札を出て左に行く。だけど祖父が亡くなる前、反対側の南口からバスに乗って、祖父の入院している病院に通っていたこともあった。

——最近毎晩、病室でお腹をなでながら、ひとりで自分の胃や腸とお話ししてるんだよ。これまでずっと休まずに、文句も言わずに、たくさん働いてくれてありがとう、って。すごいもんだよね、何十年も修理もせずに動くんだから。

入院していたころ、祖父がそんなことを言っていたのを思い出す。胃カメラを飲んだときに自分の身体のなかにはいっていく幻覚を見たらしい。むかし見た『ミクロの決死圏』

という映画みたいだった、と言っていた。

　これまでの人生で何回か死にかかったときの話も聞いた。戦争のときとか、若いころ病気をしたときとか、無茶苦茶な運転の車に巻きこまれそうになったときとか。

　――あのときもこのときも死ななかった。でも、人間はみんな死ぬときは死ぬんだよね。こればっかりは運命だからしょうがない。死ぬときはみんなひとりぼっち。

　――そんな暗いことばっかり考えてどうするの。元気出さなきゃ。

　そう言って、祖父の背中をぽんと叩いた。小さかったわたしは祖父が余命わずかだと知らなかった。病気はいつか治って元通りになる。疑いもなくそう思っていた。

　――子どもだって絶対死なないってわけじゃないんだぞ。

　祖父はわははと笑った。

　あのときはなに言ってるんだろう、と思ったけれど、六年生になって、社会の授業で戦争のことを学んだ。祖父の世代の子どもたちが戦争でたくさん死んでいたことも知った。祖父はそのことを言っていたのかもしれない、と思った。

　いろんなことを聞いたけれど、そこにこめられている意味をほとんどわかっていなかったのかもしれない。祖父の言っていたことも、祖母の言っていたことも。父や母の言葉も。大人になってからでないとわからないことがきっとたくさんあるんだろう。

母は病院で祖父の前にいるあいだは楽しそうにしていたけれど、行き帰りのバスのなかではいつも張り詰めた顔をしていた。わたしもなんだか怖くて苦しくて、なにも言わずにバスに揺られていた。

北口の階段をおりていく。途中に立ち食いそばの店がある。

——大学生のころに帰りが遅くなったとき、おじいちゃんが車で迎えにきてくれたことがあったんだよね、駅に着いてみたらおじいちゃん、あの立ち食いそばでおそば食べてて……。

母がそんな話をしていたのを思い出す。大学生のころのお母さん。どんな感じだったんだろう。なんでもいつかは過ぎ去って、終わってしまう。鼻の奥がつんとした。

駅の外に出ると青空が広がっていた。

はじめてひとりでこんな遠くまで来た。観光地じゃないけど、はじめてのひとり旅だ。ちゃんとできたじゃん。はじめてにしては失敗もなく、上出来では？

少し得意な気持ちになる。

やって来たバスに乗り、いちばん前の席に座った。母も中学から私立学校で、このバスで駅まで行っていたらしい。毎日この景色を見ていたんだな、と思った。

バスを降り、祖母の家まで歩く。暑い。ちょっと歩いただけで汗が出てくる。

祖母の家はそのままそこにあった。昨日来たばかりなのに、ずいぶん遠いむかしのような気がした。

祖父もいない、祖母もいない。今日は母もいない。わたしひとりきり。門を開け、なかにはいる。庭には雑草が生い茂り、蝶がひらひら飛んでいた。楽園みたいに。

カバンから鍵を出し、鍵穴に入れる。くるっとまわす。かちっと聞き覚えのある音がした。ドアを開ける。紙袋は目の前にあった。

「あった」

なかを開く。いくつかのノートと、スケッチブックで作った旅行記。

まちがいない。

底の方にはフクロウの形をした金属の置物がはいっていた。きっとこれが祖父の外国土産なんだろう。アンティークっぽくてとても素敵だ。そういえば『ハリー・ポッター』にもフクロウが出てきたっけ。これ、お母さんに頼んで、リビングに飾ろう。

――紙袋、あったよ。

母にメッセージを打った。あとはこれを持って帰ればいい。でも……。

これがほんとの最後だ。来週には取り壊しがはじまる。そう思うとなんだか惜しくなって、靴を脱いで家にあがった。帰りのバスの時間までまだ少しある。部屋をひとつずつ見てまわった。いまはもうないものが頭のなかによみがえり、祖父や祖母やいとこたちのにぎやかな声が聞こえてくる。

　空っぽの押入れを見ながら、いとこと遊んだことを思い出した。あのころは押入れのなかが異世界みたいだったんだよなあ。がらんとした部屋をまわりながら、ふと、夏休みの部活の創作、この家のことを書いてみようかな、と思った。

　洞窟のなかの国。そこになにか忘れ物をして、それを取りに行く話……とか？　登場人物はわたしといとこたち。あのころ押入れで話していた物語がくるくるまわりだす。そして、あのフクロウと出会って……。帰ったらさっそく書きはじめよう。

　すべての部屋をまわり、玄関に戻る。

　紙袋を持ち、家を出た。扉の鍵を閉める。きっとこれも最後。

　それから一気にバス停まで歩いた。バスはすぐにやってきた。座席にかけたところで母からメッセージがきた。

　——ありがとう。感謝してます。

　絵文字もなく、それだけ。その文字が、いつもより重く見えた。よかった、と思った。役に立てたことが誇らしかった。

窓の外を見ていると、前にタクシーで聴いた「カントリー・ロード」が頭のなかに流れてきた。この曲をはじめて聴いたのは、ジブリの『耳をすませば』という映画のなかだった。主人公の雫（しずく）も物語を書いてたんだっけ。わたしと同じようにファンタジーを。

でも結局、雫は物語をうまく書けないし、雫が好きになった天沢聖司（あまさわせいじ）はバイオリン職人を目指してイタリアに留学してしまう。最初に映画を見たときはなんだか納得がいかなかったけど、いまは少しわかる気がする。

なんでもそんなに簡単に叶うわけじゃない。だれでもできることはかぎられていて、あきらめなきゃいけないこともある。どこにたどり着くかわからないまま、一歩ずつ進んでいくしかない。生きるってきっとそういうことなんだな、と思った。

駅に着き、階段をのぼる。改札を抜けてホームに降りた。

次は各駅停車。ひばりケ丘で急行に乗り換えられるらしい。もうたぶん大丈夫。ミッションコンプリート……にはまだ早いけど、自販機で炭酸飲料を買い、ベンチに座ってひとりで乾杯した。

ここに来るたびに、母は、なんもないところだよねえ、と言った。

——むかしは、早くここから出ていきたい、と思ってたんだよね。

——出ていきたい、っていうか、出ていかなくちゃいけない、っていうか。ここにいたら世界のどこにもつながれない気がして。

母はなにをしたかったんだろうな。子どものころに大事だったものを捨てて、この町を出て、どこに行くつもりだったんだろう。

観光地じゃないから、おばあちゃんちがなくなったら、ここにくる用事なんかないかもしれない。けど、きっと、いつかまた……。

ここはお母さんが育った場所。おじいちゃんとおばあちゃんが生きた場所。そしてわたしの、はじめてのひとり旅の記念の場所だ。

踏切の音がして、遠くに電車が見えた。紙袋を持ち、立ちあがる。スマホを取り出し、はいってくる電車を背景に自撮りした。ホームに電車がとまり、扉が開く。

ばいばい、清瀬。

車窓(しゃそう)から駅を見あげ、小さく手を振った。

クジラ・トレイン

HARUHI SAKIYA
崎谷はるひ

物体は周囲の時間を減速させるのだと、なにかで読んだ記憶がある。高低差でも時間推移の違いがあって、高地に住む人間と平地に住む人間は歳の取り方が違うだとか、その物体が巨大であればあるほど影響が大きいのだとか。

ならば、巨大なクジラの周囲に流れる時間はどう違ったんだろう。

ガタンゴトンと揺れる電車のなか、ヒトの少ない江ノ電の車両と、クジラの腹のなかは、いったいどっちが大きいんだろう。

散漫で意味のないことを考えながら、ゆらりゆらり、レールに乗って進む電車のなか、伊村順哉は揺れる。

真っ昼間、午後の一時なんて時間に、電車に乗るなんてひさしぶりだった。というよりも、電車に乗ること自体がひさしぶりか。

江ノ島電鉄鎌倉発、藤沢行き。伊村は腰越で降りる予定だ。鎌倉を出てからしばらくは、ひどく狭い民家の間を進んでいく。他人の家の裏口すれすれ、走っていく路面電車。伊村にはもう見慣れすぎた光景だけれど、観光客にとっては物珍しいのだろう、はしゃぐ声を何度も聞いた。

いまは、ひどく静かなものだけれど。この春から全世界で必須のマスクのしたで、むずむずと口を動かす。

（ソーシャルディスタンス、大事大事）

二〇二〇年の春、世界は、トゲトゲしいもので満たされていた。

なにしろ目に見えないというのに、ひととひとが一メートル以下の距離に近づけば害される可能性がある。そして物理的な身体のみならず、精神的にもトゲトゲにしてしまうので、どっちもこっちも疵だらけだ。

不要不急の外出を避けろとのお達しは初夏になっても続いていたが、今日は鎌倉市役所に用事があった。いわゆる給付金申請の前の、身分証明書の手続きのためだ。オンライン申請するためにアナログ申請をしなければならないところが、いかにもこの国の現状だなと思う。

考えてみれば、伊村の仕事の現場でもそうだった。

ＳＥ、システムエンジニアと呼ばれるそれはＩＴ系のくくりのなかで「エンジニア」といちばん遠い位置にいるんではないのかと、伊村は思っている。

どちらかというまでもなく、中間管理職だ。なんのために覚えたプログラム言語なのか。そもそもソースやコードを書いたりチェックするより、人間関係における気遣いばかりですり減らされているばかりの数年だった。

といって、いまはその上司や同僚にあわずにすんでいるおかげで、だいぶ心は軽いのだが。

そういえば一年前のいまごろも、この電車に乗ってゆらゆらしていたことを、日差しの透明さで思いだす。

あのころはまだ、ＪＲ鎌倉駅から徒歩圏内に住んでいた。当時なら市役所にも歩いていけたのだが、同棲を解消したおかげで駅近２ＤＫマンションの家賃を払うには厳しくなったのだから、しかたない。いまは腰越の１Ｋアパートで、狭くも楽なひとり暮らしだ。

風薫る五月の光。あざやかな新緑も、陽を受けてきらめく海岸の反射も変わらずまばゆいのに、世界のタイムラインもくるってしまって、皆して途方に暮れている。

あのころ、すくなくとも世界でいちばん途方にくれていたのは、自分だけだった気がするのだけれど――いやそれもたぶん、ひとりよがりの概念的な絶望だったと、本当にさきが見えないいま、思う。

会社はヘタすると倒産。よくてリストラ。どころか外を出歩くだけでも覚悟と用意が必要で、世界中がライフスタイルの見直しを余儀なくされている。

なのになんでか伊村の心は、一年前より軽いのだ。

ガタンゴトン。ゆらりゆらり。

ひとの少ない車両のなか、眠気を覚えて目を閉じる。日を透かすまぶたは血の色。てーのひらをたいように。なんて歌詞が脈絡もなく脳をよぎった。

（クジラの腹のなかに飲みこまれても、こんな具合に揺れるんだろうか）

これまた脈絡なく浮かんだ妄想に、どうして頭から海洋巨大生物が離れないのだろうと自問する。

「……あ、そうか。クジラ。そうだった」

ぼうっとしていた頭が急にはっきりした。ひとりごとが口をついてでて、あわてて周囲を見まわすけれど、がらがらの車両では伊村の独白を聞きとがめるひともいなかった。

ひとりであせって、赤くなる。意味もなく咳払いをし、首をひねって窓の外を見る。

このさきにあるのはクジラの泳いだ海だ。そして、クジラの死んだ海だ。

＊　＊　＊

二〇一九年、初夏のことだった。

材木座海岸にクジラが打ちあげられたと聞いたので、海を見に行こうかと思った。

べつに、巨大生物の腐乱死体にそこまでの興味はない。リアルタイムのニュースで見たわけじゃなし、打ちあがった翌日には清掃業者がクジラを片づけてしまっている。

ただそのとき、伊村は、いま行かねばならない場所と違うどこか、いわゆる「ここではないどこか」にたどり着きたいような、そんな気持ちだった。

クジラはだから、きっかけにすぎない。言い訳、に近いかもしれない。とにかくまあ、脳内にいる誰かにキューを出されたので、足が勝手に動いていた。

ふだん使っているJR鎌倉駅東口、通称八幡宮口（はちまんぐうぐち）へと向かった足を方向転換、横浜（よこはま）銀行まえの地下道を通り抜け、裏駅（うらえき）――西口側へ向かう。

直結している江ノ島電鉄鎌倉駅はJRの改札右手にあって、ほとんどなにも考えないままICカードをかざした。自動改札システムはしみじみ便利だ。以前は路線乗り換えのたび、切符を買い換えて乗らないとならなかった。

そしてその不便さが、衝動的な行動へのブレーキにもなっていたんだなと、JRよりぐっと狭いホームに立ちながら感じた。

五月で、なのにまるで真夏のような日が続いていた。朝着替えたばかりなのに、よれたネクタイと襟元（えりもと）にはもう汗染みが浮いている。

首元に指を突っこんでゆるめながら周囲を見まわすと、黄色い帽子とそこそこ伸びた手足がアンバランスな小学生の群れが、びっちりとホームを埋め尽くしていた。

（最近の修学旅行って秋とは限らんのだな）

そんなことを思いながら、伊村はなんとなく周囲を見まわした。

大量の小学生のほかには、カジュアルな格好の大人たちがちらほら。伊村のように、いかにもな吊しのスーツという通勤スタイルの人間は見受けられない。

それもあたりまえだ、時計を確認するまでもなく、いまの時間が九時をまわっていることはわかっている。なにしろ朝起きた時点で遅刻確定の時間だったのだから。

本当なら急いでＪＲに飛び乗って、最寄り駅に到着するなり人垣を押しのけるようにして走って、会社に向かうべきだった。

けれどいまの伊村は、そんな気にはまったくなれなかった。

この数ヶ月ずっと肩にへばりつき、もはや自分の常態はそれだと錯覚さえしていた憂鬱感と倦怠感が、今朝になって突然、耐えがたいものとして感じられたからだ。

このままでは、おれはあの、クジラになる。

打ち上げられたクジラは、その発見者に「おおきなイカが海岸にあがっている」と通報されたらしい。写真画像は伊村も見た。黄色みを帯びた骨のような死骸は、イカには見えなかったけれど、たしかにクジラとも思えなかった。

（いやだなあ、かわいそうだなあ）

腐り落ちて頭と身体が分断されて、イカと間違えられた、死んだクジラ。

おおきな死骸を運んできた波のように、ざわりざわりとした考えが浮かんでは消える。

（なんだかこれ、おれみたいだ）

絶対的に死んでいて、なのに存在が中途半端。正しい姿を知る誰かが見るまで「それそのもの」とすらわからない、なにか。

べつに希死念慮を抱えているわけではない。ただ、毎日やすりで削られて、じわじわとこころが死んでいく職場に行くのが、この朝どうしてもいやになった。

ポケットのなかのスマホを、ちらりと見る。さきほどから何度か、メッセージや着信を伝えるバイブレーションが不規則に連続していた。たぶん無断欠勤についての叱責だ。

昨日までなら、こわくてこわくて、痛む胃を常備薬でなだめながら大急ぎで返信していただろう。

伊村はほんの一瞬ためらい、指を泳がせたのち、ポケットに突っこんだ手でスマホの電源を切った。驚くくらいの開放感があって、ほっと肩が上下する。

そうこうしているうちに、江ノ電がすべりこんできた。紺色の車両を見るなり、伊村の近くにいた男子小学生が声をあげる。

「えっ、一〇形かよ。なんだぁ。三〇〇形がよかったな」

「なにその、ナントカ形って」

隣にいた、彼より背の高い女子がきょとんとした顔で問いかける。かなり鉄分の多いらしい少年は、目をきらきらさせて説明をはじめた。

「いまきたやつが一〇形、平成九年に江ノ電開通九十五周年記念で作られたレトロ車両。オリエント急行がデザインのモデル。まあ悪くねえけど、やっぱ定番の江ノ電っていったら江ノ電グリーンの三〇〇形で――」

「あ、こっち側開いた。行こ」

残念ながら鉄ちゃんの熱意は女子にはまるで通じなかったらしい。とうとうと語っている彼の台詞の途中で、グループの仲間なのだろう、他の女子に声をかけてさっさと歩を進めてしまった。残された男の子はちょっと恥ずかしそうにむくれてあとを追う。

始発で終点となる単線の駅。反対側のホームにひとが吐きだされ、ややあって待ち受けていた面々が、空っぽになった電車に、ぞろぞろ乗りこんでいく。

（これも、クジラっぽいな）

きょうはどうにもこの発想に取り憑かれているようだ。はしゃぐ観光客は小さな魚群で、おおきなものの腹のなかに進んで飲みこまれていくように思えた。

みっちりと埋め尽くされて、満腹になった電車はゆったりと『声』をあげ、レールに乗ってすべりだす。

そういえば、そのままずばりクジラという曲をうたったアイドルグループがいたっけ。

大人になる罪、老けてゆく罰——とか、考えてみればえぐい歌詞だ。ちょっと前のマイナーなグループの曲だが、いまどきならネットで炎上しそうな気がする。

(あれ、でもポリコレ的にうるさくなったのって、何年くらいまえからだ?)

それにさきほどの鉄ちゃんが語ったレトロ車両。伊村の感覚では「つい最近になって走りだした」もの、という印象だった。

自分の「ちょっとまえ」の感覚がへたすると十年単位になってきていることに気づき、伊村は愕然とする。これが三十代後半、アラフォーにさしかかった人間の感覚か。

(そもそも、おれ、江ノ電乗ったのどんくらいぶりだっけ……?)

いやそれ以前に、通勤する以外の理由で電車に乗ったこと自体、いつぶりだっただろうか。

がたんごとん、走りだした電車のなかで、散漫に記憶がよみがえる。

——わたし、やらせてくれるママでいるの、もうやなんだけど。

三日前に別れた——正確にはふられた、彼女からの言葉だ。いたくていたくて痛い、よりによって最大にきついそれがよみがえり、伊村は車両の手すりに額をがんと押しつけた。

ぎょっとしたように近くにいた小学生が目を剝く。きもいおっさんでごめんな。そうは思うけれどフォローする気力もない。

（あれで折れたんだよなあ）

　たしかにデートのひとつもできない日々が続いてはいた。

　ことの起こりはおよそ一年前。勤めていた中小ＩＴ系会社が業績不振で吸収合併され、よりによってもっとも使えない上司と一緒に、死に体部署に押しこめられたときから、いやな予感はあった。

　過去に失敗で終わったプロジェクトの問題点の洗い出しをしろ、と言われ、押しつけられた膨大なデータ。それが本当に前向きな話であれば、検証に取り組む価値はあるだろう。だが蓋を開けば、要はレガシーコードや古いシステムに依存している『現状に即さない』ためにボツにされたものばかりだった。

　あげくに、上司はプログラム言語に精通するどころかエクセルすらろくに扱えないという有様で、そんな相手と狭い部屋に押しこめられたのちの顛末は、くどくど語ることもないだろう。

　合併時の条件として全員雇用とうたったものの、じっさいにはそこまでの人数を飼う余裕はない本社が、自主退職を促すためだけにまわしてくる仕事は、泣きたくなるほどむなしい。

自分のやるべきことに、価値を見いだせない日々はゆっくり心を削っていって、あげくあまえの過ぎた彼女にも愛想を尽かされた。わかっている。彼女は悪くない。伊村だってこんなすり減りきった男に、貴重な三十代の時間を費やそうとは思わない。

でも、じゃあ、おれはどうすればよかったわけよ？

鬱々とした問いかけは誰に投げればよいかわからないまま、腹のなかでぐるぐるめぐる。ただただ、逃げたいばかりで意味もなく、乗りこんだのが江ノ電。ここに自分の小市民さがまるだしになっている。

総武横須賀線なら、大船にある会社を通り過ぎれば成田空港にも行けるし、湘南新宿ラインだって栃木あたりまで足を伸ばせるというのに、なんで江ノ電。

（いや、こういう逃避行動に理性的判断なんか求めても意味はない。こう、モラトリアムな時間が欲しかっただけのことで）

脳内で言葉をこねくりまわしたあと、どっと脱力した。

なにをどう言いつくろったところで、いまの伊村はただ単に、無目的に会社をサボっているだけのだめな大人だ。

（そもそもアラフォーがモラトリアムて）

ものすごく疲れて、うんざりとかぶりを振る。その間にも、電車は確実に、無感情に、進行方向へまっすぐ進む。

狭苦しい民家の間を走っていた電車が揺れて、アナウンスがかかった。

『次は七里ガ浜、七里ガ浜』

きたな、と伊村は思う。

狭い路地を抜けきって、光景は一変、進行方向に拡がるのは湘南の海。ぱあっと明るく感じるのは真正面の海から照り返す光がまばゆいからだ。

これも見慣れた光景だけれど、トンネルを抜ける瞬間にも似た爽快感はきらいじゃない。

こんなふうに自分の人生も、いつかすがすがしく開けていくことがあるんだろうか。

出口の見えない感覚に、きらきらとする海すら鈍くよどんで見える。

(クジラには、この遠浅の海は、どう見えてたんだろう)

死んでからイカだったと言われるようなのはいやだ。

おれはおれのまま死ねるようななにかでいたい。クジラなら、クジラとして死にたい。

(……いや、じっさいはたぶん、シシャモとかそんくらいだろうけど)

おれごときを重ね合わせるなんて、クジラにきっと失礼だ。そんなふうに考えた。

＊　＊　＊

（あのころ、ほんとドン詰まってたなあ）

誰に見られるわけでも聞かれるわけでもないというのに、酔っ払い気味のポエトリーな妄想すらままならず、小魚サイズに修正しているあたり、本当に卑屈だったなと思う。そして、本当にそんな自分がいやでいやで、たまらなかった。

いまは、どうだろうか。ぼんやりとしたまま考え、なかなかに情けなかった記憶をきれいに反芻しているということは、それほどいやでもないらしい、と自分を分析してみた。

去年と同じルートをたどりつつ――逃避のための無意味な小旅行と、ただ単に用件を済ませた帰路の違いは大きいが――伊村は湘南の海を眺めやる。

七里ヶ浜を境に、江ノ電の光景は『古都鎌倉』から、一気に『湘南』へと切り替わる。

全体に白い建物が増え、おしゃれな家には必ずと言っていいほどウッドデッキ。ウッドデッキだらけだ。南国風の石垣に、ヤシの木も植えられていて、いかにも海沿いの街という雰囲気をこれでもかと押し出してくる。

ほんの十分前にとおってきた、昭和感を残した狭い道やちいさな踏切、いかにも古い町並みの情景との差があまりに激しくて戸惑うような心地にもなる。

「わあ……」

数少ない、同じ車両にいた乗客のひとりが、ちいさな声をあげた。おそらくあまり江ノ電に乗ったことがなかったのだろう。おそらく二十代かそこらのその女性は、思わずと言ったふうに漏れた声にあわて、マスクのうえから掌で口を押さえようとして、それもまたはっとなってやめるという、なかなかに挙動不審な仕種をした。

（わかる、わかる）

ひとりごとって恥ずかしいよね。共感して思わずうなずいた伊村の視線に気づいたのか、彼女は、恥ずかしそうに顔を背ける。

『七里ヶ浜、七里ヶ浜――』

到着した駅で、彼女は足早に降りていった。最後までこちらに背を向けていたのは、中年のおっさんにガン見されて気持ち悪かったわけではない――と思いたい。

伊村もまた頬を掻こうとして、おっと、と掌を顔から遠ざけた。

世界にはびこったトゲトゲのおかげで、消毒手洗いをせずに顔をさわるなというお達しが、医療関係からがっつりと発信されている。ソーシャルなディスタンスだけでなく、おのが手と顔の間にもディスタンスだ。

今年は、本当ならめでたい年のはずだった。

二〇二〇。まるがふたつ。だいぶ疲れていた皆にとって、まあるくやさしい年になるんじゃないかと、一縷の望みをかけたビッグイベントだって企画されていた。

伊村の会社だって、あれやらこれやらのイベント企画にいっちょ嚙みする予定であったのだ。孫請けの孫請けみたいなとこではあるけれど。

それがまあ、ぜんぶ、飛んだ。会社の上層部は文字通り青くなり、現状動いていたプロジェクトはすべて凍結を余儀なくされた。ただでさえ合併吸収されていたような会社だ。体力なぞあるわけもない。

右往左往する最中で、ものすごく皮肉なことに、伊村のいる死に体だった部署だけが、通常運転を続けていた。なぜかと言えば、一年前から現在に至るまで、所属部署のメイン業務は『べつにいま現在の会社にとって必要ではないけれども、古いデータを洗い出す』作業だったからだ。

おかげで、逆説的になんの影響も出なかった。けれどならばと、ここで部署ごと切って捨てる羽目になるんだろうことは目に見えていた。

おずおずと、気の弱い上司が自主退職の打診にきた。すこし以前なら青くなりながらうろたえて、この世の終わりだと胃を痛めたのだと思う。

だが、なんというのか――いまの不幸が自分だけのものではないと、これ以上なく思い知らされた毎日で、伊村は逆に、気が楽になっていた。

――あ、じゃあ、有休消化させてもらいます。もうめっちゃ、たまってますんで。数か月分くらい、それでいけますんで。

すぱっと告げれば、上司はあわてた。だったらリモートでお願いするとか言われたり、なだめたりすかしたり若干脅されたり泣き落としにかかろうとされたりしたが、伊村は魔法の言葉『ユーキュー』をひたすら繰り返した。

そして知った。忖度したり慮ったりするからこちらの胃が痛いのであって、会社の事情なんか知ったこっちゃねえわと労働者の権利をひとたび振りかざせば、圧倒的にこちらが強いのだ。

おまけに雇用調整助成金を申請したおかげで、会社側もいま、うっかりしたことはできないらしい。

――ダメって言うなら出るとこ出ますけど。

あんなひとことで、相手はびっくりするくらいに青ざめた。いままでへいこらしてきた平社員が、いきなりモンスターに変わった、そんなくらいの驚きようだった。

「ふっ」

上司のマヌケ面を思いだして、笑いがこぼれる。あんまりいいたぐいのそれでない自覚はあって、けれどこみあげるものはしかたがない。

孤独とは、集団のなかにあってはじめて感じるものらしい。疎外感。自分だけが『孤』であると痛感するのは、他者と比較する視点があってこそだ。

けれどいま、世界中が大混乱で、絶望すらしていて、えらいひともかしこいひとも右往左往するのがあたりまえになっている。

大変だなあと思う。苦労するひともいっぱいいるなあと、思う。

それでも他人が、自分と同じくらいに戸惑い、もがいている姿であふれるいまの日常は、なんというのか——。

一年前よりもずっと、伊村にとっては、世界との距離が近くある。

いや、一年前にもちょっとだけ、近さを感じたことはあったか。

きらきらの青春を象徴するような、あの駅で。

『次は、鎌倉高校前、鎌倉高校前』

ゆるく蛇行して海沿いを走る電車は、この路線の象徴といっても過言ではない箇所に、さしかかる。

＊　＊　＊

あの日の伊村がそこに降り立ったのは、とくに意味があってのことではなかった。

関東の駅百選に選ばれたという、一面一線の単式ホーム。目のまえには広々した湘南の海。

踏切越し、きらきらと波光を反射させる海の光景は、この場に降り立ったことがないひとでも、ドラマやアニメなどで見かけたことが一度はあるだろう。

鎌倉高校前駅。名前のとおり、ホームの背面側にある坂をのぼりきったさきには、進学校として名高い高校が存在する。

そしてこの高校に通う生徒は、めちゃくちゃ青春しちゃうらしい、という噂(うわさ)を、実際に二十数年前、在校生だった人間から聞いたことがある。学問にも打ちこみ、行事にも熱心に参加し、とにかく溌剌(はつらつ)と、若い時分に経験できることを謳歌(おうか)するのだと。

(するよな、そりゃ。青春)

だって海、きらっきらだし。学校から出てくるとまっすぐこの光景だし。いやでも青春するだろうよ。

そんなルサンチマン丸出しの感情で、近づいてきた無人の駅舎と踏切を窓越しに眺める。

だが、伊村はそこに想像していたのとはまるで違う光景を見つけ、ぎょっとした。

「……なんだ、あれ」

思わずぽつりと呟いたのは伊村ではなかった。目のまえでつり革につかまり、友人とたらたら喋っていた学生のひとりが、唖然としたように言う。

「おまえ知らないの。『スラダン踏切詣で』」

「え、なにそれ」

「中国とか韓国で流行ってんだって、『スラムダンク』のアニメ。で、オープニングだかにここが出てくんだよ」

「へえ？　あの主人公ってヤンキーに見えんのに、鎌高いってんの？　すごくね？」

「いや、ぜんぜん関係ないらしい」

「は？　関係ないならなんで？」

伊村は内心で「ロケーションがいいからなあ」と応えつつ顔をあげる。件の踏切は目のまえ。つまりはもうすぐ停車するわけだが。

「ちょっときもいな、これ……」

青年の言葉に、伊村も同意せざるを得なかった。

なにしろ思った以上に踏切あたりに人がたむろしている。レール上を走る電車からはせいぜい数人しか見えなかったのだが、その奥にはずらりと、ひと、ひと、ひとだ。

（すげえな）

いったいどれだけ群がっているのだろう。反射的に伊村は腰を浮かせてしまう。

『鎌倉高校前〜鎌倉高校前〜』

アナウンスのタイミングがタイミングで、まるでいかにも、ここで降りるために立ちあがったようになってしまった。いまさら座り直すのも恥ずかしく、目のまえの青年たちに軽く会釈をして伊村は車両の外に出る。

無人駅には自動改札はなく、縦に細長い電子カードリーダーがぽつりとあるのみだ。むかしはキセルし放題だったかもしれないなと思ったのちに、いまこの駅で乗り降りする高校生らには『キセル』という単語すら通じないだろうとひとり、苦笑した。

妙な時間だったからだろう、駅のホームにもひとは少ない。なんとなく駅の端に寄って、踏切付近をあらためて眺めようとしたが、ごく小さな駅員待機所に視界をふさがれる。べつに数百円の話だ、かまわないとICカードをかざして駅から出る。

自転車置き場のあるスロープをくだって、踏切側へ足を伸ばす。ホームを背にして右が海、左は急勾配の坂。この坂を登り切ったさきには駅名になっている高校が存在する。

スロープの端、つまらなさそうな顔で植えこみの段差に座ったまま、スマホを弄っている女子高生がひとり。この子は鎌高生なのかなと思ったが、考えてみればいまの鎌倉高校の制服を、伊村は知らない。第一、紺色のプリーツスカートにスクールベストという定番すぎるJKファッションでは、自他共に認める中年の伊村に区別がつくわけもない。

(いやもう、そもそもJKっていま言うの？　もはやおっさん語？　いやもともとがおっさん語なんだっけか、これ)

たしか風俗だかAVだかの隠語だったのが一般化したのだったっけ。無駄な雑学すらあいまいで、ほとほとうんざりするのは、このきらきらした海と自分のミスマッチがすぎるからだ。

この日の海は、サーファーでいっぱいだった。残念ながら凪の日らしく、豪快なライドをする姿はあまり見かけなくて、ぷかぷかのんびりと板につかまって浮いている者が大半だった。

浜に降りる階段の手すり横、ビーチフラッグの大会が近いことを掲示する立て看板には、日程のほかに『ゴミは持ち帰りましょう』などの諸注意。

そして、いかにも湘南らしい光景から目を戻せば、踏切の左右には、まさに鈴なりになった写真待ちの人だらけ。

（うわあ……）

ロケーションのよさから、アニメのみならずＣＭにＰＶにと使われまくるスポットだが、こんなにひとまみれの状況で素人が撮影して、果たして望む画が撮れるんだろうか？　自撮り棒を掲げたところで、わさわさする人だかりが消えるわけでもなかろうに。

ご苦労なことだ、と首をめぐらせたところで、伊村はぎょっとなった。

傾斜のきつい坂、道路のど真ん中で、何人かが寝転がっている。瞬間浮かんだのは、大昔プールにはいったあとにやらされた「甲羅干し」だ。内臓まで冷えた身体を、プールサイドのコンクリートやなにかに貼りつかせて温度を戻すあれ。

しかし彼らは海を眺めてはいても、海に入った様子はない。当然着衣だ。第一ここは海辺から遠い。

正直に言って、虫が地面にへばりついているかのような異様な光景だ。

「……なんだ、あれ？」

「観光客」

戻ってくると思っていなかったから、返事があったことに驚いた。はっとして振り返ると、つまらなそうな顔をしたＪＫは、手元のスマホから顔をあげることなく、続けた。

「ああやって寝転がって写真撮ってるんだって」

「な、なんで？」

「知らんけど、バエるんだって。ウケる」

ははは、とひらたく笑う。ＪＫという記号化された存在から、伊村と言葉を交わしたため
に生身のヒトとして認識された彼女の口調は、あきれとあざけりが混じっているでもない。

ただ淡々と、そうある事実を述べている。

「えっと……教えてくれてありがとう」

「べつに。ひまだったから」

この時間、ふつうは五時間目とか六時間目とか、なんかそんなコマがあるんじゃないの
かな。いや、おじさん最近の高校のカリキュラム、知らんけども。

詮索はやめようと思った端から「おじさん、なにしてるひと」と問いかけられる。

「え、おれ？」

「なんかさっき、電車降りてからずっと、うろうろして。キョドってたから。暇つぶしに
観察してた。そういう格好してるってことは仕事なんじゃないの」

「えー……と。おれが言うのもなんだけど、こんな中年に話しかけちゃうの大丈夫？」

「ひと見る目くらいはあるつもり」

そうかあ。と、伊村は苦笑した。じい、と見あげてくる彼女の目は、海と同じくらいに

きらきらして澄んでいる。白目が青みがかっていて、若くて健康な証拠だ。こんな目を、いったい何年ぶりくらいに見ただろうか。

「ジサツすんなら、ここ向いてないと思うよ」

「うぇ!?　しないよ!?」

「そうなん？　なんかしにそーな感じしてたから」

ぎく、としたのは、その子の目がやたらにまっすぐだったからだ。若いって怖いなあ、と、容赦なく見透かしてくる相手にごまかすのも限界で、伊村ははあっと息をついた。

「そんなに疲れて見えた？」

「疲れて……ってか、おじさんの顔がよく見えないから」

「……うん？」

言ってることがよくわからないぞと、伊村は首をかしげる。視線でうながすと、彼女はむっとしたように口を尖らせた。

「ぜったい、不思議チャンとか言われると思うんだけど」

「言わないよ」

「あんまよくない状態のひとは、顔のとこに黒っぽいもやもやがあって、なんかよく、見えない。ここにくるひとで、そういうのめずらしいから」

まさかのオカルトでしたか。伊村はひゅっと息を呑んだ。そういう話はあんまり得手ではないし、信じてもいない。

だがたぶん、ふてくされたように口を尖らせたその子には、本当に『視えて』いるんだろう。そして、死にそうな中年男を放っておけずに、口を出してしまったのだろう。

なんとなく、どうしてこの子がこんな時間に、ひとりぽつんと座っているのかの理由が見えた気がして、伊村は覚えず微笑んだ。

「共感覚とか、そういうのなのかなあ」

「……え」

「なんかほら、数字に色がついて見えるとか、匂いがするとか？　なんかそういうのあるって言うだろ。きみのそれは、ひとの顔色が本当に『色』で見えるのかなと」

びっしりした睫毛が、せわしなくしばたたかれる。さほど化粧っ気はなく見えたけれど、つけまとやらはしているのかなと思った。

「……オジサン、変なひとだね」

「ええ、ひどいな」

たっぷり数分黙りこんだあとに、そんなに顔を歪めなくてもいいじゃないか。できるだけあたりのやわらかい言葉を探したつもりだったのに、と思うが、そもそもおっさんは女子高生に話しかけることが許されるような、ヒエラルキー階層にいないのかもしれない。

そう、仕事をサボっていい歳して人生に迷うようなおっさんは、とくに。

「なにしてるの、かあ……」

なにしてるんだろうなあ。ぼんやりぼやいて、よろよろとスロープを区切る柵に寄りかかる。

「なんか、クジラがあがったとか聞いたんで」

「あれ材木座でしょ。ならJRのほうだし、腐るから死体は片づけられたってよ」

「そうなんだけど、……そうなんだよなあ」

この日の伊村の行動になんら筋は通っておらず、脈絡もない。自分で自分がわからないのに他人に説明できるはずもない。

口を開けば溢れてくるのは、彼女を呆れさせてしまった愚痴しかない。

「おれねえ、上司がエクセルは信用できないからいちいち手計算して、それを紙に書き写して、でも相手先にはエクセルデータ要求されてるから、もっぺん計算結果手入力するって仕事をしてるんだけど」

「え、なに、なんかのギャグ？　おもしろくないんだけど」

「ギャグじゃなくて、おれの業務。そしておれの肩書きは一応、システムエンジニア」

「SE？　うそでしょ。小学校の情報処理授業でも、もうちょっとましなことやった」

「だよねえ」

ものすごい顔になる少女——薄化粧(うすげしょう)をしてはいるが、よく見れば幼い顔だちは少女としか言いようがなかった——の言葉に、伊村は皮肉な笑いを浮かべる。

おもしろいわけがない。ただの現実なのだから。なんの実も結ばない、ただ時間を浪費するだけの、やりがいもなにもない仕事で心をすり減らす、そのためだけの業務なのだから。

（大人って、会社って、『仕事』するために存在してると思ってたなあ）

まさか、たかが人間を自主的にやめさせるためだけに、なんの成果もあげられない仕事を割り振って、静かに壊すのを目的にした業務があるなんて、本当に想像もしていなかった。

そしてまんまと壊されかけて、逃げた果てに少女に白い目で見られている。

ふわっと頭のなかが白くなった。最近こういうことが多い。たぶんこのままいくと病んでしまうのだろうと、それだけは自覚があったからいま、潮の香りがする駅にいるのだ。

踏切の向こう、きらめく水平線を眺める。相模湾(さがみわん)にもクジラはよく群れているという。

なんだか不意に、死んだクジラではなく、生きたクジラが見たいと思った。

（たぶん沖合だから、船とか乗らないと、無理だよな）

ヨットやクルーザーに乗せてくれるサービスなどは、あるのだろうか。鎌倉で暮らして十数年、中途半端に地元ではあるが観光することもなく仕事漬けでいたから、そういう基本的なことをなにも知らない。

「ねえ。突然ぼうっとされると、怖いんだけど」

「え、あ、ああ」

少女の眉間(みけん)に皺(しわ)が寄っている。じっと見おろせば、なんとなく目があわない。ああ、またこの子には、顔が真っ黒に見えているのかなあと、そんなことを思った。

「……ところで、きみは、ここでなにしてんの?」

問いかけを返せば、それはルール違反だったらしい。スッと表情を消したその子は「べつに、なにも」と目を伏せてしまった。ああ、さわられたくないところにさわったのかな、と伊村は思った。このくらいの歳の子は、とにかくやわらかすぎて、難しい。

「なんにもしない、をしてるってやつかな」

もう、答えは返ってこなかった。ああまた世界が壁の向こうだと思う。死にそうだと思ったから声をかけたけれど、べつにおっさんのおしゃべりにつきあいたいわけではなかったのだろう。すこしだけがっかりしたけれど、そう思うことがそもそも図々(ずうずう)しいのかもしれない。

他人の様子がおかしいからと、声をかけてくるだけ、いまどき希少なことだ。

伊村は立ちあがり、腰を伸ばした。もう一度、わさわさと観光客がたむろする踏切を眺めて、軽く肩をすくめる。

すくなくとも彼らは伊村より楽しそうだし、好きなアニメの『聖地』にたどり着くため、わざわざ外国まで来るバイタリティもある。

ホームへ戻ろうとして、不意に足がすくんだ。

さて自分はどこへ行くのか。帰るのか。あてどなく、というにはあまりに惰性(だせい)で乗りこんだ電車を途中で降りてしまって、ただただ迷子のように途方に暮れている。

ぐらぐらとする視界の向こうで、水平線がひたすらきらめいている。

目をこらしたところで、クジラの姿など見えるはずもない。

＊　＊　＊

けっきょく一年前には、ぼうっとするだけしたあとに、すごすごと江ノ電に乗りこんで鎌倉駅へととって返したような記憶がある。

翌日、会社には急病で連絡もできなかったと言い訳をしたように思う。はっきりしないのは、疲弊しきったまま神経をすり減らす毎日のせいで記憶もあいまいだからだ。

ささやかな逃避行がなにかを変えるわけもなく、惰性と諦めでだらだらとすぎた一年。たぶん限界がきたのは心よりからだのほうで、慢性的な胃痛にいよいよ進退を決める時期がきたかと思い、再就職先を探しはじめたのは今年の頭だ。

会社は、やめられなかった。けれどあれだけ行きたくなかった場所にはもう、行ってはならないことになっている。

ひととひととの距離が変わって、世界と伊村の距離も変わった。概念でいうところの『セカイ』ではなく、リアルに『世界』のなにもかもが変わった。変わらざるを得なかった。

車窓ごしに、もしやと思って眺めた踏切の光景で、伊村はそれを痛感する。

『鎌倉高校前、鎌倉高校前。お降りの際には、お忘れ物のないように――』

あの日に同じく、ここに立ち寄る予定ではなかった。けれどこのいまは、どうしてもたしかめたいと自分の意思で降車する。

無人改札を抜けて、右手に海風を感じながら、すぐ目のまえの踏切へ。

「……こりゃあ、また」

あんなにも人だかりがあった事実が嘘のように、ひとっこひとり、そこにはいなかった。

それも当然といえば当然だ。現状、海外からの入国については厳しい制限がかかっていて、国内でも不要不急の外出は避けるようにと何度もアナウンスがされている。

いまはもう誰もいない踏切のまえにたたずむ。目をこらしたさき、それでも波間に漂うロングボーダーの姿がちらほらとうかがえて、ああいうひとたちは一体、と呆れるような感心するような気分になった。

（いまなら、写真は取り放題だな）

天気もよく、海は静か。ロケーションのノイズになる人だかりもない。

急勾配(きゅうこうばい)の坂を仰(あお)いで、なんとなく数歩、うえに向かって歩いてみる。

車は、いまは見かけない。アレコレの影響で公共の移動手段より自家用車に切り替わったというけれど、このあたりは基本、私道に繋(つな)がっていて交通量も少ない。

そして幸いにと言うべきなのかわからないが、通行人の姿もいまは、見かけない。

「……うん」

おもむろに、伊村は道路に寝転がってみた。ポケットからスマホを取りだし、カメラアプリを起動。あたりまえだが、完全に天を仰いだ状態では、踏切は見えない。

ゆるゆるになっている腹筋でどうにか身を起こし、フレームにおさめてみようとするけれども、だいぶ古い機種のカメラアプリは望遠機能などなく、なんだか中途半端な画(え)にしかなりそうになかった。

　とりあえず数回、パシャパシャとやってみる。無理やり中途半端に起こしていた上体がぷるぷるしはじめて、伊村はその場にべちゃりと潰れた。

　あとから、カメラだけ斜めに据えて角度を調整して撮ればよかったことに気がついたのだけれど、もうやり直す気力は特になかった。

　埃（ほこり）っぽいアスファルトは、日に当たってあたたかく見えた。けれどこのいま背中に感じるのは冷たくかたいばかりの感触だ。

（甲羅干し（こうらぼし）どころか、体温持っていかれるなこれ）

　中年の身体（からだ）に冷えは大敵だ。デスクワークが多いため腰痛持ちでもある伊村は、のそのそと固い路面から起き上がる。

　あたりまえだがそこかしこに砂埃がついた。払い落とすとやけにさらさらしているのは、たぶん砂浜の砂が風で運ばれ、このあたりまで散っているからだろう。

　膝と尻をぱんぱんやりながら、よれたジーンズを眺める。そういえばスーツをもう一ヶ月近く着ていない。このさき、着ることになるのかどうかも、わからない。

　記念すべきはなやかな年になるはずだった、二〇二〇年の現在は、不安と恐慌がマーブル状になって包み込み、水にあがった魚のようにびちりびちりとあえぐばかりだ。

見あげた空は高く青い。春がすぎ、このアスファルトが溶けるような夏がくるころ、自分はどこにいるだろう。

保証のない日々に、もっとうろたえてもいいはずで、なのになんだか、ひどく自由だ。

（まあ、なるようにしか、ならんよな）

砂のざらつくアスファルトをてくてく歩いて駅へ戻る。そしてあのスロープ脇の植えこみに、覚えのある姿を発見して目をまるくした。

一年前、すこしふしぎなことを言ったあの女子高生が、あのときと同じように座ってスマホを弄（いじ）っている。

違うのは、あちらも私服だということ、それから口元にマスクをしていることくらいだろうか。鎌高生とかではなく、この近所に住んでいる子なのかもしれないなと、いまさらに思う。

思わず声をかけようかと口を開きかけ、やめた。伊村の年代にとっての一年前は「つい先日」という感覚だが、彼女らの年代にとっては膨大（ぼうだい）な時間の果てだ。

相対する、個々で流れの違う時間というものを、ここでも感じる。

けっきょく伊村は、彼女に声をかけることはせず、するりとそのまえを通りすぎた。あちらも、気づいた様子はまるでなかった。もしかしたら、いま伊村の顔は『黒くない』のかもしれない。そして去年、彼女曰く『黒っぽいもやもや』があった伊村の顔自体、見えていなかったのかもしれない。

ただ単に覚えていないというより、そちらの想像の方がちょっとおもしろかったので、こっちにしようと伊村は顎を撫で、ひとりでうなずいた。

そもそもマスクをしているから顔の見分けがつかない可能性だってある。あの彼女が、去年の彼女と本当に同一人物かだって、じつのところ怪しいけれど、それじゃあつまらない。

事実と、現実と、真実はそれぞればらばらだという。どうせ伊村の腹の中の話だ、好きに解釈したっていいだろう。

自分ひとりがなにをしようがしまいが、世界は勝手にひっくり返るのだ。

ホームに立って、水平線を眺める。遠い沖の向こうに、見えるはずのないクジラの姿を探してみる。

やっぱりもちろん、なにも見つからないまま、へろへろと漂うロングボーダーのごま粒ほどの姿を眺めるうちに、単線の電車が到着した。

がらんとした車両に乗りこみ、座席に座る。向かうのはたった一駅さき。

背もたれに頭を預けて、深く息を吸う。なんとなく首筋がじゃりじゃりして、砂を払い落としきれていなかったのかもしれないと思った。立ちあがり、座席が汚れていまいかと見やれば、目に見える範囲では大丈夫なようだ。

ぼやいて肩をまわせば、ほんのり潮の香りがしたような気がする。

「……腹減ったな」

（そういえば、大船にクジラ肉の食える店があったよな）

クジラクジラと考えるうちにそんなところに思考が着地して、しみじみと自分は俗物だなと伊村は思った。

だがそれくらい適当で雑に生きるくらいで、たぶん、ちょうどいいのかもしれない。

いまのトゲトゲした世界的混乱がいつ収まるのかまだ見えないけれど、近いうちにいろんな規制は緩和されるだろう。

そうしたらとりあえず、クジラ肉を食べに行くくらいはやってみたい。

本物のクジラを見に行くにはまだ色々、かかりそうな気がするので。

『次は、腰越、腰越――』

肩を鳴らしながら、伊村は立ちあがる。

がらんどうの車両を振り返り、やはりすこしだけ違和感とさみしさを覚えつつも、否応なしにやってくる新しい日常に向けて、足を踏み出した。

どこまでもブルー

CHIHIRO OKAMOTO
岡本千紘

午後、青がキラキラ光っていた。

海の青。

空の青。

二つの青は、電車のゆれるリズムに合わせ、少しずつ分量を増やしたり減らしたりしながら、窓いっぱいに満ちている。二色の青に塗り分けられた窓の中に、黒い電線が浮きつ沈みつ、ゆるいカーブを描いていた。

時折、竹藪(たけやぶ)が視界を遮(さえぎ)り、また開けて青になる。まるで連続する抽象画だ。美術館が大事そうに飾っているけれど、意味が全然わからないやつ。

たった二両の電車の中は、華やかに着飾った女の人のグループと、大きなカメラを膝にのせた男の人たち、彼らと似たり寄ったりの格好をしたカップルで、座席の八割が埋まっていた。大半は洋海(ひろみ)より少し年上、たぶん大学生だ。彼らは、電車内で自撮りをしたり、写真を撮りあったり、窓から海をながめたり、楽しそうだった。

（ムクドリみたいだ）

夕暮れ時の電線に集(つど)う小鳥のように、いつまでも止まらないにぎやかなおしゃべり。

一つ前の駅まで地元のおじさんが脚を広げて爆睡していた、洋海の前の窓だけがぽっかりと静かだった。

世界を二分するブルー。

波間に躍る太陽のかけらが時折目を射る。

（暑そう）

洋海の心に浮かぶのは、それだけだった。

どんなにきれいな風景でも、生まれてこのかた十七年間、毎日見ていれば日常になる。洋海にとって、海と空の接する世界は、いつもそこにあって当然のものだ。

駅が近付き、電車の速度が少し落ちた。ざらりとしたぬくもりのある、自動音声のアナウンスが、「伊予上灘」と告げる。

「線路を横切るときは右左をよく見てお渡りください」

「踏切」ではなく「線路」を「横切る」。

それが当たり前ではないのだということに、松山市内にある中学校に電車で通うようになって初めて気づいた。この路線にはたまにある、遮断機も警報器もない踏切が、街の大きな路線にはない。

ガタン、とゆれて電車が停まった。ドアが開いた瞬間に、蝉時雨が鼓膜を打つ。昼下がりの中途半端な時間なので、乗車客も降車客もいない。ぬるい海風だけが流れ込んでくる。学校から着っぱなしで帰ってきた弓道着の裾がひらりとはためく。

電車は再びガタンとゆれて、何事もなかったかのように走り出した。窓の外には、また青が広がっている。

キラキラたぷたぷとたゆたう青は、まるで水族館の水槽をながめているようでもあった。油照りの苛烈な日差しも、四角く切り取られた電車の中ではよそごとで、窓の抽象画を見ていると睡魔が忍び足でやってくる。

(……、だめだ、次で降りるのに……)

そう思うものの、早朝からの部活で疲れた体に、電車のかろやかなリズムとエアコンの冷風は、誘惑でしかなかった。

うとうとしていると、突然ガタンとゆさぶられた。

ハッと開いた目の前には、鮮烈なブルー。

「下灘駅」と車内アナウンスが告げている。車内を埋めていた若者たちは、既に大半が電車の外で、列の最後尾が数名、降車口付近に残っているだけだった。

「やっべ」

慌てて鞄を取り、電車から駆け出す。直射日光の当たった手の甲が、ジュッと音を立てて焼けた気がした。

コンクリートの地面に足を下ろすとほぼ同時、チッと誰かの舌打ちが聞こえた。何十というカメラのレンズが、洋海を撃ち抜かんばかりに凝視している。

ぺこりと頭を下げ、居並ぶレンズのあいだを縫って、無人の改札へと向かった。

（なんだよ、舌打ちって）

と、思っても、しょうがない。ここにいる人たちにとって大事なのは、海と駅と電車であって、地元民の少年なんか、邪魔な障害物か、せいぜい背景でしかないのだ。

JR予讃線、下灘駅。愛媛県伊予市にある小さな無人駅だ。伊予灘に面した国道のすぐ上にあり、ホーム手前からは海と空とホームだけの幻想的な写真が撮れる。かつて国道ができる前は、ホームから直接海に出られるような「日本一海に近い駅」だったらしい。

青春18きっぷのポスターにもたびたび登場したせいで、下灘駅は以前から、鉄道ファンのあいだでは鉄道写真の聖地的あこがれの駅だったそうだ。その頃の訪問客は年齢層高めの男性が主だったらしいが、ここ数年は、客層がガラッと変わった。いわゆるSNS映えを狙った若者が、写真投稿SNSの口コミで集まるようになったのだ。長期休暇になると、午後一番の電車でやってきて、三時過ぎの電車で帰る若者客がどっと増える。

（大学生も夏休みか）

高校は一週間ほど前から休みに入っていたので、すっかり失念してしまっていた。これから約一ヶ月、部活のたびにこういう場面に遭遇するのかと思うとうんざりする。

ため息をつきながら、無人の駅舎をくぐった。目の前に迫った山の木々から、蝉の声が降り注ぐ。林の下では、真っ白いキッチンカーのコーヒースタンドが軒を広げていた。普段は土日祝しかやっていないが、長期休暇中は駅を見に来る観光客相手に、平日も開店していることが多い。

（あれ）

その横の空間に見慣れぬキッチンカーが並んでいるのを見つけ、洋海は目をしばたたかせた。

（あんな店、あったっけ？）

――いや、今朝まではなかったはずだ。水色と白のレトロなフォルクスワーゲンを改造したキッチンカー。吊り旗には絵本調のイラストで三角おにぎりが描いてある。手書きの文字で「えんむすび」。

「……おにぎり屋？」

つい近付いて、手書きの黒板を覗き込んだ。店のメニューは五種類だけだ。塩、梅、鮭、昆布、緋のかぶら漬。塩むすびが百五十円で、他はすべて二百円。海苔の有無が選べるらしい。

見ているうちに、お腹がぐーと鳴き声を上げた。朝持っていった弁当は、学校を出る前に腹の中だ。

（お腹すいたな）

と、思った瞬間、頭の上から笑い声が降ってきて、洋海は顔を上げた。目が合った。キラッキラした目だった。ちょうど今日のように晴れた日の、海面に躍る陽光みたいな。

洋海は二度瞬きした。なんだか場違いにまぶしいものを見た気がしたのだ。目の前がチカチカする。

もう一度、正面から目が合うと、キッチンカーのカウンターに身を乗り出した男はニッと笑った。日焼けした肌に似合う、からりとした笑顔。

「腹減ってんだな、少年。どれにする？」

きかれて、慌てた。

「え、いや……」

買おうと思ったわけじゃない。

だが、塩むすびのイラストの横に書かれた「愛媛の藻塩（もしお）を使った塩むすび、シンプルにおいしい！」というコメントに心引かれた。

自宅のある港の集落までは一キロちょっと。食べずに帰ることもできるけれど、……安いし。

「じゃあ、塩むすび、海苔ありで」

「持ち帰り？　ここで食べる？」

「食べます」

「ありがとうございます！」

底抜けに明るい声で言い、彼は骨っぽい大きな手に、薄いビニールの手袋をはめた。

「ちょうど米が炊きあがったところだ。運がいいな」

そう言って、黒い土鍋の蓋を開ける。ふわっと上がった湯気の下から、つやつやの白米が顔をのぞかせた。

彼はしゃもじで鍋の米をかき回し、たっぷりと茶碗にすくって藻塩をかけた。大きな手が、山盛りの白飯を握っていく。

「その格好、地元の子？」

弓道着を顎で指してきかれた。「はい」とうなずく。

「ここから一キロくらい先の、港の集落に住んでます」

「そうなんだ」

言いながら、彼はきゅっきゅと、おにぎりのかたちを整えた。最後に、大きな海苔を巻いて、できあがり。

「はいどうぞ」

大きな葉っぱのような皿にのせられたおにぎりが、冷えたおしぼりと一緒に差し出される。百五十円と交換に受け取って、洋海はしげしげと皿をながめた。

「……葉っぱ？」

「ホオノキだよ。加工して、皿として使えるようにしてある」

「へえ」

雰囲気があっていいなと思った。使い捨てのビニール包装やプラスチックの皿で出されるよりずっといい。

手を拭き、おにぎりを手に取った。男の人の手が握ったらしい、ずっしりとした大きさだった。

「いただきます」

一口かじると、焼き海苔の香ばしさがふわっと香る。米の甘みを引き立てる、藻塩のやさしくまろやかな味。海辺で育った洋海にはなじんだ匂いと味のはずだが、びっくりするほどおいしかった。

「……おいしい」

「ありがとうございます！」

男は大きな口を横に引いて、ニカッと笑った。まぶしさにくらくらする。

その声につられて、ようやく写真を撮り終えたらしい人たちが、一人、二人とやってきた。

「えー、なに？」

「おにぎり？」

にわかにキッチンカーの周りがにぎやかになる。

洋海は食べかけの塩むすびを手に、カウンターへ皿を返した。なんという理由もないけれど、この人たちは苦手だ。目立たないよう、そっとあとずさる。

女の人たちの相手をしていた彼が、「あ」と気づいた。

「少年、また来てな！」

笑顔で大きく手を振っている。子供か。

適当に会釈(えしやく)を返して、自宅へと続く坂道を歩き始めた。

じりじりと夏の太陽がつむじを焼く。汗が脇腹を伝い落ちる。降り注ぐ蟬時雨(せみしぐれ)。海も空も、どこまでも青い。

塩むすびの素朴(そぼく)な塩気が、体に染みこんでいく気がした。

　夏の朝、まだひんやりと薄暗い台所に立つ。日光でぬるまる前の清い水が、さらさらと指のあいだを撫でていく。

　エプロンをしめ、戸棚から茶碗と汁椀と平皿を二つずつ取り出した。

　朝食の品数は多くなくていい。「何事も無理はしない」がこの家のモットーだ。昨夜炊いた白飯を温め、豆腐とワカメの味噌汁を作る。おかずは家庭菜園で採れたミニトマトと玉子の炒め物。いつも冷蔵庫に入っているじゃこ天と、大根の塩漬け。

「おはよう。今日も部活か」

　味噌汁の味噌を溶いていたら、祖父が起き出してきた。「おはよう」と返しながらうなずく。中学校で校長をしていた頃は家一番の早起きだった祖父だが、今はのんびりと静かな余生を送っている。

　向かいあって朝食をとった。これもこの家の掟の一つだ。食事はなるべく誰かと一緒に食べること。

「洗濯機回してるから、終わったら干しといて。あと、暇だったら買い出し頼むわ。帰りは今日も昼過ぎだから、腹減ったら何か食べといて」

「わかった」

昼食まではお腹がすくので、ちりめん山椒(さんしょ)とほぐし鮭のおにぎりを一つずつ、ラップに包んで三角に握る。保冷剤と一緒に包んで鞄(かばん)に詰め、「いってきます」と家を出た。

ざざん、と、潮騒(しおさい)がこだましている。港町は今朝も静かだ。漁り屋のあいだの細い路地の向こうには、深く青い海が宝玉のように光っている。波の上、気の早い入道雲がもう顔を出していた。午後、洋海が家に帰る頃には、見上げるような高さになるだろう。

国道の角で、学ラン姿の中学生とすれ違った。近所に住む三歳年下の幼なじみだった。洋海に気づくと、うれしそうに笑いかけてくれる。

「ひろくん。おはよう」

「おはよう。部活か？」

「うん。ひろくんも？」

「そう。裕紀(ゆうき)もサッカーがんばれよ」

「ありがと。じゃあね」

手を振って、彼は洋海とは逆の方向へと走っていった。その先にはスクールバスの停留所がある。

この集落の中学生のほぼ全員が通う、隣の集落にある中学校に、洋海は通わなかった。母の勧めで松山市内の中高一貫校を受験して合格、進学した。以来、三年と少し。未だに通学はひとりぼっちだ。

駅へと向かう峠道を、一歩一歩、踏みしめるようにして登る。

幼なじみたちの輪から抜けたのは自分なのに、ふとした折に疎外感を抱くことがあった。

今の学校を自分で選んだという自覚が、あまりないせいかもしれない。

勉強がきらいではなかった。母の望みを叶えたかった。今の学校に進んだ理由はそれだけだ。中学受験なんて、多かれ少なかれそんなもんだろう。受験用の建前はともかく、一介の小学生男子が、人生の展望や学びたいことなんて持っているほうがめずらしい。

それでも、母が選んだ今の環境は、自分に合っていると感じていた。

うぬぼれではなく事実として、洋海は勉強のできる子供だった。地元の小学校の同級生——とくに男子は子供っぽく、物足りなく感じられたし、そういう男子たちから洋海は常に遠巻きにされていた。彼らには、洋海が頭の良さを鼻にかけ、とりすましているように見えたのかもしれない。ほんの十人にも満たない同級生。全学年合わせても五十人程度の集団で、大人の見ていないところで殴られる、一人だけ仲間はずれにされるなんていじめに遭ったのも、一度や二度のことではなかった。

あのまま地元の中学に進学しなくてよかった。遠くても今の学校のほうが、洋海はずっとのびのびできる。友人も、部活の仲間も、たくさんできた。学力的にも、今の学校なら自分の能力を最大限に伸ばしてくれると確信している。そうしたすべてをいち早く見抜き、導いてくれた母の慧眼に感謝する気持ちは、夕立のように訪れては去っていく孤独よりずっと強い。

海と山とに挟まれた坂道を下りる。海風が頬を撫でていく。朝の駅はまだ静かだ。潮騒と降りしきる蟬時雨は、音の認識の外にある。

古びた木造の駅舎をくぐる。

洋海以外誰も見ていなくても、簡素なホームが作る額縁からは、今朝も海と空の青があふれ出ている。

乗り込んだ帰りの電車は、今日も下灘駅の写真目当てらしき若者たちでいっぱいだった。

（いったいどこから来るんだろ）

下灘はまぎれもない田舎だが、陸の孤島というほど都市部から離れているわけでもない。松山から電車で一時間かからないし、数駅先はいわゆる郊外の住宅地だ。

けれども今、この電車を埋めているのは、地元の人たちではなさそうだった。音の高低がまるで逆の、耳慣れないイントネーション。女の人たちの服はキラキラひらひら色あざやかで、まるで熱帯魚のようだと思う。水槽を泳ぎまわる姿はきれいだけれど、伊予灘の海には棲（す）めない魚の群れ。白黒の弓道着をまとった洋海は、それを水槽の外からながめているだけだ。

あと数年もすれば、自分も彼らに違和感なく混ざれるようになるのだろうか。

（……無理だろ）

手の中でふるえたスマートフォンに視線を落とした。夕方から雷雨の予報。それまでに洗濯物を取り込まなければならない。

下灘駅、というアナウンスに呼ばれ、降車客の先頭に立った。

降り立った下灘駅のホームの空気は、確かにもったりとした湿気をはらんでいた。海の向こうからやってくる、夕立の気配。わけもなく、ちょっとそわそわする。こんな日は、小さい頃のように、用もないのにわざと出かけたくなる。

駅前では、今日も二台のキッチンカーが店を広げていた。

格好悪くて高校の友人たちには言えないが、コーヒーは苦くて好きになれない。目の前の白いキッチンカーをスルーして、レトロブルーのフォルクスワーゲンに向かう。

海風に吊り旗がひるがえっていた。「えんむすび」という店名は、自分の名前が「円（まどか）」だからと、店主の彼が教えてくれた。

「おかえり。今日もあっついなー」

円が大きな口をニカッと広げて、笑いかけてくる。毎日買っているわけでもないのに、やたらなれなれしい。

円と彼の店が下灘に現れて一週間。いい噂も悪い噂も一日で駆けめぐる田舎の情報網をもってしても、彼についてわかっているのは、キッチンカーで全国放浪の旅をしている二十六歳ということだけだった。

どこからやってきた何者なのか、名字ですら、誰も知らない。そもそも、そんな常識的なラベルが彼にくっついているのかどうかもあやしい。港の集落の年配者の中には、「あの流れ者」と眉をひそめる者もいる。

けれども、洋海はふしぎと彼のことがきらいではなかった。

写真を撮りに来る若者たちと、年はそう変わらない。よそからふらりとやってきて、いついなくなるかもわからないところも同じ。なのに、誰でもない彼だけが、夏の日差しにゆれる百日紅のように、くっきりと力強く、下灘の夏に根付いている。

彼の顔を見たら、つい、腹の虫がぐーと鳴った。今朝は白飯の量が足りなくて、おにぎり一つしか持っていけなかった。当然お腹はすいている。

洋海はふらふらとカウンターに近付いた。

「塩むすび、海苔ありで、一つください」

「はい、毎度ありー」

大きな大人の男の手に、あふれるくらいの白飯がのる。洋海が塩むすびを頼むたび、彼は大きめに握ってくれる。

ある日、観光客の女の人のおにぎりとの大きさの違いに気づいて視線を向けたら、カウンターから身を乗り出して耳打ちされた。

「内緒だけどな。地元の人にはサービスしなくちゃだろ」

おまけに、派手なウィンク付き。あやしい。うさんくさすぎる。人好きはするけど、祖父や母に言わせたら、間違いなく「ろくでもない大人」というやつだ。本来、洋海も苦手なタイプ。なのに、なぜきらいじゃないのか、我ながらわからない。

軒先の短い陰に身を押し込め、塩むすびにかぶりついた。あいかわらず、電車から降りた観光客は、駅とその向こうの海に向かって、スマホやレンズばかり見ている。二人の周りは人けもなく、蟬時雨が肌から染みこんでくるようだった。

「エンさんは、なんでおにぎり屋をやろうと思ったんですか？」

「オレにも作れそうだったから」

これ以上なく端的な答え。おにぎりにかぶりつきながら、思わず笑う。

「それなら、たこ焼きでもソフトクリームでもかき氷でも、できそうだと思いますけど」

「でも、おいしそうじゃん、おにぎり」

「たこ焼きもソフトクリームもかき氷だっておいしいでしょ」

「うまいけど」と言いながら、円は首にかけたタオルで額の汗をぬぐった。

「でも、おにぎりってなんかいいだろ。日本人的ソウルフードってやつ。米を握って、でかい口開けてかぶりつくのって、誰でもやったことがある原体験だから」

「なんかいい」って、全然答えになっていない。だけど、ニコニコうれしそうに彼が言うと、なるほどどと思わされてしまう説得力がある。

あったかくて、なつかしくて、どっしりとゆるぎない「日本人的ソウルフード」。生命力に満ち満ちたこの人には、この上なくよく似合う。

「キッチンカーで日本中あちこち回ってるそうですね」

「まあね。海外に行くときは身一つだけど」

「なんで愛媛に来たんですか?」

「そりゃ、来たかったからに決まってる」

やっぱり馬鹿にしているのかと思うほど端的な答え。「来たかったから」って、子供か。十六の洋海だってそんな衝動では行動しない。それを、彼はてらいもなく口にする。

子供っぽい反発心が入道雲のように湧き上がるのを感じながら、洋海は駅の向こうの海を見つめた。

「何もないじゃないですか、こんなとこ」

海と、空と、小さな駅。それだけだ。

けれども、彼は「何言ってんだ」と反論する。

「こんなきれいな海も、おいしい魚も、すごい風景だってあるじゃないか」

「観光客の感想ですね」

はすに構えた洋海の言葉を、彼はカラカラと笑い飛ばした。

「なんだ。今日は機嫌悪いな。矢が当たらなかったのか？」

「そんなんじゃありません」

苛立(いらだ)ちのまま撥(は)ねつける。

行きたいときに、行きたいところへ。生きたいように生きる。

そんなに自由に生きていけるものなのかと思った。学生でもない、いい大人が。

なぜだろう。腹立たしいような、鼻で笑いたくなるような、それでいてくやしいような――なんとも言い表しがたい気分だ。

「それでまともに生きてけるんですか？」

わざと意地悪くたずねてみても、彼はかろやかに笑っていた。

「意外とな。税金と健康保険料と年金の保険料を納めても、一人なら食っていける」

（そうなのか）

生きていけるのか。そんなに身軽に。

その事実はトプンと洋海の胸に落ちて、奥深くに沈んでいった。大きくしぶきを上げるようなショックだとか、衝撃だとかいう激しさではない。けれど、深く、深く、確かな重さで、奥底まで。

遠くで雷がうなっている。手にした塩むすびは、あと一口になっていた。

「……うち、こんな田舎ですけど結構厳しくて。しつけとか教育とか、すごくきっちりしてて」

いきなり投げ出した洋海の言葉を、彼は「うん」と受け止めてくれた。

「まあ、一言で言うと、堅苦しいんですよ。漁師やってる父さんも、自分は、あんなにまっとうに生きるのは無理だって、音を上げて出ていっちゃったくらい」

「漁師って、普通にまともな仕事だと思うけどな」

「そうなんですけどね」と、洋海もうなずいた。どうしようもなく、ため息がもれる。

今でも同じ集落に住んでいる父とは、両親が離婚してからも、時折顔を合わせていた。

なんの変哲もない、ただの漁師だ。あまり話は合わないけれども。

「朝がめちゃくちゃ早い代わりに、昼間っから酒飲んで酔っ払ってってのが、母さんには耐えられなかったみたいです。別に、殴ったりとか、酒乱だったりとかはしなかったんですけど。母さんが……高校教師だったんですけど、仕事から帰ってくる頃には、父さんはもう真っ赤になって酔っ払ってるから、会話もあんま成り立たなくって……それで、しょっちゅうけんかになって。だけど、母が怒ると父は黙り込むし、ほんと、なんで結婚したんだろってくらい合わない人たちで」

「それ、どっちかっていうと、生活リズムの不一致が問題だったんじゃないか？」

「それもあると思います。……で、父さんに愛想を尽かされて捨てられたような家なんですけど、俺は、窮屈だとか、思ったこともなかったんです。勉強も、きちんとした生活も、きらいじゃないし」

「うん」

「だけど、」と、息を継ぐ。

「……だから？　エンさんみたいな人を見ると、なんか不安になる。自由すぎて腹が立つっていうか、なんかくやしいっていうか……俺はそんなふうに生きていける気がしないから。うまく言えないんですけど」

失礼な言いぶんだという自覚はあった。彼は何も悪くない。ただ洋海が、自分の中にうずまく不安や苛立ちを、勝手にぶつけているだけだ。

けれども円は怒るでもなく、ただ、「そうか」とうなずいてくれた。受け入れられていると感じる。彼の度量の広さに、くやしくなった。唇を噛む。

「エンさんみたいな人、苦手だったはずなんです。だけど、エンさんのことは、きらいじゃない」

「きらいじゃないんだ?」

円がプッと噴き出した。真剣に話しているのに、笑われると腹が立つ。だけど、一方で安堵もした。こんなことを言ってもきらわれていない。きらわれるのがいやだと思うくらい、彼のことがきらいじゃない。

それきり、しばらく黙って海を見ていた。最後の一口を口に入れる。米と藻塩のかもしだす滋味。脇腹を伝い落ちる汗。雷のうなりが近くなる。そうだ、夕立が来る前に洗濯物を取り込まなければならないのだった。

「ごちそうさまでした」

「おう。また来いよ」

木の葉の皿をカウンターに返し、港に向かう道を登る。

峠の向こうに、入道雲が高く高く立ち上がっている。

三日降り続いた雨ののち、伊予灘に明るい青が戻ってきた。空と海を分かつブルー。同時に写真目当ての観光客も帰ってきた。彼ら目当てのキッチンカーも。

「塩むすび、海苔ありで、一つください」

「おー、ひさしぶり」

三日間、硬く窓を閉ざしていたキッチンカーのカウンターが開き、円は何事もなかったかのようにおにぎりを握っている。電車から降りて真っ先にそれを確認し、安堵している自分に、洋海は気づいた。我ながら滑稽だ。元々どこから来て、いつ、どこへいなくなるともわからない人なのに。

「雨の日はどこで何をしてるんですか?」

三日ぶりの塩むすびをかじりながらたずねると、

「観光とか、SNS覗いたりとか」

思いのほかありきたりな返事が返ってきた。

「お客さんが来ない日に店出したってしょうがないからな。昨日は道後で温泉に浸かってきた。坊っちゃん団子、うまいな」

「はぁ」

ちなみに、洋海は昨日も一昨日も一昨昨日も駅を利用したのだが、このようすだと客にカウントされていないらしい。

（いいけど）

黙っておにぎりを食べていると、円がカウンターから身を乗り出してきた。

「洋海の学校は、お盆も部活があるのか？」

「いえ、明日から来週日曜まで休みですけど」

それが彼に関係あるのだろうか？

——という疑問はすぐに解けた。

円が、

「そうか。なら、うちでアルバイトしないか？」

などと言い出したからだ。

「バイト？」

そんなものが必要だろうか、おにぎりを握って出すだけのキッチンカーに？

胡乱（うろん）に思う気持ちが顔に出ていたのか、心を読んだように円が言った。

「正直、今でも昼時はお客さんを待たせてることがあるんだ。これで盆に入ったら、絶対に手が足りない」

「はぁ」

「頼む！　昼から三時過ぎの電車まで、一日三時間でいいから、助けると思って！」

「いやでも、うちの学校、バイト禁止なんで……」

「そんなん、内緒にしとけばわかんないだろ」

さすが、ろくでもない大人は言うことが違う。

「じいちゃんに怒られます」

「じゃあ、オレが直接頼みに行く」

「いや、どうかな。じいちゃん、頭固いし。無駄だと思いますけど」

(そもそも、なんで俺なんだ)

思ったけれど、本音を言えば、悪い気はしなかった。大人に頼られるのがくすぐったくも誇らしい。子供っぽい優越感。

結局押し切られて、うなずいた。自分が怒られるのでなければ、洋海としてはどちらでもいい。盆休みなんてどうせ宿題をやって終わりだし、ちょうど新しいヘッドホンも買いたいと思っていたところだし。

せがまれてスマートフォンを取り出し、連絡先を交換した。

三倉円。

当たり前のことなのに、名字があるんだと思った。違和感しかない。変な話だが、こんなことで、彼も社会の一員なんだと実感する。住所不定、職業移動おにぎり屋の自由すぎる彼にも、現実に縛りつけようとするものはあるらしい。

メッセージアプリを使って住所を送ると、「店を閉めたらすぐに行く」と言われた。半信半疑で「はぁ」と答えた、数時間後。

円は宣言どおり洋海の家にやってきた。食べきれないほどのおにぎり持参で。

「こんにちは！　突然にすみません。下灘駅前でおにぎり屋をやっています、三倉といいます」

「よくいらっしゃいました」

表面だけは笑顔で出迎えた祖父の顔を横目に見て、洋海は「やっぱ無理だろ」と思った。一応先に洋海からも話したが、けんもほろろの反応だったのだ。ヘッドホンなら買ってやると言われてしまった。「学生の本分は勉強だ」というのが祖父の言いぶんだ。ごもっともすぎて反論の余地もない。

だが、円を仏間に通し、茶を淹れに席を立った隙に、円はすっかり祖父を懐柔してしまっていた。

「洋海はどうなんだ。そんなにアルバイト、やってみたいのか」

茶をのせた盆を持って仏間に戻ったら、祖父の態度が百八十度変わっていて啞然とする。

思わず、まじまじと円を見た。

（いったい何をどうやったわけ？）

洋海にとっては、あたたかくも常識にうるさくルールに厳しい、いかにも元「学校の先生」な祖父なのだが。

その祖父が校則を破ってアルバイトすることを了承したことが信じられず、思わず、二人を見比べた。

「洋海？」

うながされ、「ああ、うん」と答える。

「やってみたい、かも」

――と言うより、正直、円という人間に興味があった。

洋海には絶対になれない身軽さ。自由さ。まぶしいほどの力強い生命力。祖父を懐柔する謎の社会性。普段の洋海だったら、バイトどころか近付くことも避けるタイプだ。けれども、どうしようもなく惹かれてしまう。なぜだろう。

ぼんやり考えている間に、大人二人のあいだで話が決まり、翌日から「手伝い」に出ることになってしまった。

一日三時間、昼から三時まで。バイト代を現金で支払ってもらうと「アルバイト禁止」の校則に抵触するから、現物支給で話が付いた。九日間きちんと働いたら、欲しかったヘッドホンを買ってもらう。あくまで名目は「お手伝い」だ。

だが、洋海にとっては、まぎれもない、人生初のアルバイトだった。何もないと思っていた高一の夏が大きく変わる予感がする。不安よりも、わくわくする気持ちのほうが大きい。

そんな幼い冒険心を自分が持っていたことが意外で、胸の高鳴りをおさえるのに苦労した。

翌日から、洋海は「えんむすび」のキッチンに立った。

日帰りの観光客は、だいたい昼過ぎの二本の電車に集中している。十二時に店を開けたら、カウンターを整え、掃除をし、吊り旗を提げて黒板を出す。土鍋で米を炊くのは円の仕事だ。旅先で知り合った人から送ってもらっているという米を丁寧にとぎ、浸水させたものを、土鍋に入れて火にかける。炊き上がりの少し前に一本目の電車が着き、ご飯をしゃもじでかえしている頃に、第一陣の客たちが訪れる。

「すみません。俺、接客には全然自信がないんですけど」

初日にそう伝えたら、円は口角を大きく引いてニッと笑った。

「大丈夫。そっちはオレにまかせとけ」

そんなわけで、洋海は彼の横で黙々とおにぎりを握ることに徹している。

普段から家で料理をしている洋海にとって、おにぎりを握るくらいは造作もないことだった。蝉時雨と観光客の声をＢＧＭに、きれいな三角を手早く握る。ホオノキの葉の皿に、素朴なおにぎりが映えている。客の反応は上々だ。「おいしい」と言ってもらえると、単純にうれしい。人の腹を満たすという行為が、存外自分の満足感も上げてくれるのだと、初めて知った。

昼食は軽く食べてきているものの、客が途切れた合間には、円の握った塩むすびを口に運ぶ。

（おいしい）

今日も伊予灘の海はまぶしい青だ。真夏の陽光が波の上で躍っている。

写真に夢中になっている観光客。海と空を切り取る簡素なホーム。

いつもと同じ光景なのに、キッチンカーの中から見る下灘駅は、いつもと少し違う顔をして見えた。洋海が寝て、起きて、食べて、学校へ通っている地元の駅ではなく、観光客でにぎわう話題の駅だ。

あれほど苦手に思っていたのに、駅に集まる若者たちのことも、「えんむすび」のキッチンに立つようになってから、あまり気にならなくなった。彼らのうちの何人かが、自分の握ったおにぎりを食べ、「おいしい」と言ってくれるのだ。そうなったら、どうしたって、きらう気にはなれない。

「……俺、駅に来る人たち、あんま好きじゃなかったんですけど」

ある日、客の切れ間に切り出したら、円は「うん」とうなずいた。知っていたよという顔だ。そんなにわかりやすかったのかと、恥ずかしくなった。

駅の人垣(ひとがき)の向こうに目を向ける。夏にきらめく、伊予灘ブルー。

「このバイトして、べつにきらうほどじゃないって思えるようになっただけでも、バイトしてよかったと思います」

「うん」と、円はもう一度うなずいた。落ち着いた低い声が続ける。

「あの子らはさ、旅とか駅とか風景が好きっていうより、そこにいる自分が好きなんだよな。ここに来ても、下灘の海を見ているんじゃなくて、下灘駅ってきれいな額縁の中にいる自分しか見ていない。だから、あの子らを見て、洋海がもやもやする気持ちはわかるよ。自分の日々の営(いとな)みを、ないがしろにされている気がするんだろ」

つい円の顔を見た。思いがけず辛辣(しんらつ)な言葉にも驚いたが、それ以上に、自分の心を指で指すように言葉にされて驚いた。自由で、身軽で、一見あやしい人にしか見えない彼。だが、けっして愚かではない。こわいほど物事の本質をよく見ている。

「でも、きらってやるほど悪い子たちじゃないんだよ。『おいしい』って言ってもらうと、なんだいいやつじゃんって思うだろ？」

ニッと笑顔を向けられて、まばゆさに目眩(めまい)を覚えた。くらくらする。

（ああ、）

「エンさんは、人が好きなんだ」

洋海の言葉に彼が笑う。「そうだな」と、大きくうなずいて。

「どこに行っても、その土地その土地で、地に足をつけて生きてる人がいる。その人と出会うのが好きなんだ」

くっきりとした言葉は力強かった。だからこそ、思い知る。

いずれ彼はここからも去り、どこかへ行ってしまうのだ。

洋海の知らない、新しい誰かと出会いに。

盆を過ぎると、風に秋の気配が混じりだす。「えんむすび」が駅前に現れた頃にはクマゼミ優勢だった蝉時雨は、いつのまにか主役がツクツクボウシに代わっていた。

台風一過のある日、円が「海水浴に行こう」と言い出した。塩むすびをかじりながら、「え、やだよ」と顔をしかめる。

「ええ?　なんでだよ」

「盆過ぎたらクラゲが出るって常識じゃん。痛いのやだ」

「じゃあ、クラゲよけのネットがあるとこならいいだろ?」

「そりゃいいけど……」

あいにく部活の休みは日曜しかない。八月中となったら、残すは今週末だけだ。そう言ったら、「じゃあ、今週末な」と言われた。あいかわらず、彼は心のままに生きている。自由なのはいいけど、仕事はしなくていいのか。かき入れ時も、残り少ないというのに。

あきれる気持ちもあったけれど、OKした。なんとなく予感がした。もうすぐ夏は終わってしまう。

当日は朝からからりと晴れていた。夏の最後のサービスみたいに、太陽がじりじりと照りつけている。二人でキッチンカーに乗り込んで、海水浴場まで走った。

八月最終週の海水浴場は人もまばらだ。思いっきり泳ぐにはちょうどいい。キッチンカーから駆け出して、競うように水に駆け込む。

どこで習ったのか、円は泳ぎがじょうずだった。地元民の洋海より、ずっと速く、力強く水をかく。つきあって堰堤（えんてい）まで泳いだら、一気に疲れた。

沖合に島影が見えている。向こう岸は本州だ。いつも海と空しかないと思って見ている伊予灘だが、実は内海で、対岸は近い。

一時間半ほど泳いで、二人はキッチンカーに戻った。エアコン全開。日差しはまだまだ夏まっ盛りだ。水の中でも、暑いものは暑い。

「はー、生き返る。車最高」

おっさんくさくぼやきながら、円は冷蔵庫からスポーツドリンクを取り出し、差し出してきた。「ありがとう」と受け取り、キャップをひねる。喉（のど）を滑り落ちたそれが、手指の先まで染み渡っていく。ボトルを肌に当て、火照（ほて）りを冷やした。半日でずいぶん焼けた気がする。

円は上機嫌で鼻歌を歌いながら、いつもの土鍋を取り出した。

「ここでもおにぎり?」

「もちろんだろ」

円は冷蔵庫から浸水させていた米を取り出し、土鍋に入れて火にかけた。

円のキッチンカーは、多くの場合、円の旅の宿でもある。床にはマットが敷かれていて、夏は上掛け一枚で寝ているらしい。その床に座り、スポーツドリンクを飲みながら、米が炊けるのを待った。

日に焼けて火照った肌に、エアコンの冷風が心地いい。車の中はほどよく防音も効いていて、まるで深海に潜ったような気分になる。遠い海鳴り。

米は三十五分で炊き上がり、二人で並んでおにぎりを握った。塩と、梅と、鮭と、昆布と、緋(ひ)のかぶら漬。かぶら漬はタッパーに入っている最後の一枚だった。

「かぶら漬、なくなったよ」

洋海の言葉に、円は「ん」とうなずいた。緋のかぶら漬は、愛媛ならではの食材だ。買い足すのだろうか。それとも、もう必要ない? ——聞きたいけれど、聞きたくない。

「外で食べるか」と円が言ったので、「そうしよう」とうなずいた。カウンター上の庇(ひさし)を出し、狭い日陰で車体にもたれる。

「エンさんが握ったやつが食べたい」

洋海が言うと、「おう」と皿を差し出してくれた。交換した塩むすびを口に運ぶ。米の甘みと藻塩の滋味。円の作るおにぎりは、いつもながらおいしい。

「同じ材料なのに、俺が作るのよりおいしいのはなんで？　手の大きさ？」

言いながら右手を差し出すと、円も手のひらを合わせてきた。洋海の手よりも一回り大きく骨張った大人の手。洋海の握るおにぎりは、彼の作るものより、ほんの少し小さい。

「洋海のもうまいよ」

そう言って、円は大口を開け、鮭むすびの半分を一呑みにした。豪快さに目を丸くし、笑ってしまう。

「……そうやって笑うと、よく似てる」

唐突に円が言い、洋海は彼を振り返った。

「……誰に？」

「おまえの母さん」

「――」

息を呑んだ。波の音が高くなる。

「……え？　なんで？」

なぜ円が母を知っているのか。意味がわからず、呆然と彼を見つめた。心臓が痛いくらいに脈打っている。

　円は洋海に向けていた目を海へとそらした。視線の先の深い青が、彼の瞳に映り込む。

「会ったんだ」と彼は言った。

「え？　……いや、無理でしょ」

　どんな顔をしていいのかわからず、ははっと笑った。けれども、円は「本当だ」と言った。

「無理だよ」

　あえぐように喉奥から声を押し出した。

「だって、母さん、一年前に死んだんだよ？　今年、初盆だったんだ」

　ちょうど一年前の夏の終わり。長患いだった母は、四十五年の生涯を閉じた。胃がんだった。一月前に下灘に来た円とは会えるはずもない。

「そうか、一年も前か」

　しんみりと目を伏せて、円は小さくうなずいた。

「お母さんはどんな人だった？」

　改めてきかれると、一息に面影がよみがえる。洋海に向ける明るい笑顔。仕事に向かう真剣な横顔。病床でもくずれることがなかった気丈な口ぶり。

最初に発症したのは、洋海がまだ幼稚園に通っていた頃だった。手術と治療のための入院で長いこと母から引き離され、やっと帰ってきたと思ったら、今度は髪がすべて抜け落ちた。子供心におそろしく、ひどくショックを受けたのを覚えている。

まだ三十代。こわかっただろうに、母は気丈だった。

「大丈夫よ。治療のためのお薬で抜けてるだけだから。お母さんの手術は成功したの。体が悪くて抜けてるわけじゃないから大丈夫」

おそらく体もしんどかったのだろう。座椅子(ざいす)にもたれかかりながらもそう言って、母は洋海を抱きしめてくれた。

言葉どおり、母は一年の治療ののち回復して、職場にも復帰した。胃をすべて摘出したため、以前にくらべてずいぶんほっそりとしてしまっていたが、楽しそうに仕事をしていた。

再発したのは、洋海が小学五年生のときだ。腹膜(ふくまく)内に複数の播種(はしゅ)が生じ、手術はできないとのことだった。

それでも母は気丈な態度をくずさなかった。たぶん、もっと前から覚悟をしていたんだと思う。治療を続けながら、気丈に、前向きに、残された時間すべてを使って、人生を終(しま)う準備をととのえた。

洋海を台所に立たせ、包丁を握らせた。米のとぎ方から味噌汁の作り方、魚のさばき方まで教え込んだ。

洗濯機の回し方。洗濯物の干し方、たたみ方。掃除の仕方。すべての家事を洋海に教え込む一方で、「中学校は受験しましょう」と洋海を塾に連れていった。高校受験や大学受験のときには自分はもういないと覚悟しているのが伝わってきた。だから、どうしても母の望みを叶えたかった。合格したときには、心の底からほっとした。

洋海の前に道を敷き終え、昨年の夏に母は逝った。「やりたいことは全部したし、洋海ももう大丈夫。しあわせな人生だったわ」――最期まで気丈で格好いい人だった。

回り灯籠のような回想から、円の声が洋海を引き戻す。

「お母さん、亡くなる前に旅行をしただろう。一ヶ月ほど」

言われて、洋海はそのことを思い出した。

「――あった」

学校の先生らしく、よく言えば常識的で慎重、悪く言えば頭が固く融通のきかなかった母が、仕事を辞めた日に、「ちょっと旅に出てくるわ」と言い出した。亡くなる一年ほど前のことだ。体調を心配した祖父と洋海がいくら止めても聞き入れず、翌々日には荷物をまとめて出ていった。どこにそんな体力と行動力を隠していたのかと思うような即断即決ぶりだった。

　一月後、母はすっきりと満足した顔で帰ってきた。

「冒険がしてみたかったのよ」と、母は言った。

「ずっとまじめに、踏み外さないように生きてきたから、最後に一度、冒険がしてみたかったの」

　その「冒険」の一ヶ月のあいだ、母がどこで何をしていたのか、洋海は知らない。

「そのとき、お母さんに会ったんだ」

「……どこで？」

　信じられないような気持ちでたずねる。円は「上高地」と答えた。

「日本縦断をしてるんだって。富士山を見てきて、次は日光に行くって言ってた」

「……ほんとに……？」

　――いや、本当はわかっている。円がこんな嘘をつく必要などどこにもない。そもそも、話したこともない母親のことを彼が知っている時点で、これは事実だ。けれども、まだ信じられないでいる。

「本当だとも」と、円はうなずいた。

「お母さん……瑞恵さんは、キャンプ場のロッジに何日か滞在していた。大学時代に友達と来て以来だと言っていた。病気のことを知らなかったら全然そんなふうに見えないくらい、元気で生き生きしていたよ」

当時、キャンプ場で住み込みのバイトをしていた円は、毎日食堂で顔を合わせる瑞恵と意気投合した。

「たまたま同じバスで上高地を出ることになって、バスの中で、病気のことを打ち明けられた。愛媛の家に中学生の息子を残してきていることも、そのとき聞いた。クソ真面目で融通が利かないのが玉に瑕だけど、すごくいい子だってな」

「……」

円の語る母の姿を、洋海は息をひそめるようにして聞いていた。洋海の知らない母が、そこにはいた。

「自分もクソ真面目に生きてきたけど、死ぬ前にやりたいことはやっておこうと思ったんだそうだ。こんなに楽しいなら、もっと自由に生きればよかったと言っていた」

「……そう」

そうかもしれない。

母もまた田舎の漁師町に生まれ、あふれる才能や頭脳や好奇心をもてあましながらも、周りから浮かないよう、地道に生きてきた人だった。真面目に勉強し、堅実な職業につき、親の勧めにしたがって地元の漁師と結婚した。今時めずらしいくらい堅苦しい人生だ。父との結婚生活が破綻（はたん）してからは、それに拍車がかかっていたように思う。田舎町で、今以上に後ろ指を指されないように、洋海に肩身の狭い思いをさせないようにと必死だった。

「母さんが楽しくやってたなら、よかった」

母がどう思っていたのかは知らないが、洋海もまた母の枷（かせ）だった。

思い残していくことが、あの一月で少しでも減ったなら。あの一月のおかげで、「やりたいことは全部した」と言い切れるようになったのなら——。

「ただ、気にしていたのは、おまえのことだった。洋海」

「——俺？」

円がこちらを向いた。いつもは太陽のようにキラキラ輝いている瞳が、今は深い海を流し込んだように、静かな色をたたえていた。

「自分が考えるかぎり最上の道を敷いてやったけど、自分が考えることだから、堅苦しい思いをさせているかもしれない。いつか俺が下灘に行ったとき、洋海が苦しんでいるようだったら、自由に生きていいと言ってやってくれってさ」

「なにそれ」と、眉（まゆ）を寄せた。

「そんなこと、自分で言えばよかったのに」

「自分が言ったんじゃ説得力がないと言ってたぞ。オレのほうが適任だって」

「あー……まあ、それはそうかも」

自由に、身軽に、生きたいように生きている。円の言葉だからこそ、洋海にも響く。母から言われたのでは、素直にうなずけなかったかもしれない。

——自由に生きていい。身軽に。心のままに。

「お母さんが用意した道じゃなくてもいい、自分が行きたい方向へ自由に進めばいい。おまえがやりたきゃオレみたいな生き方でもいいから、後悔しない道を選べって、瑞恵さんから伝言」

「エンさんみたいって。また極端だな」

思わず笑ってしまいながらも、鼻の奥がつんとした。

母が覚悟していたように、洋海もまた覚悟していた。だから、去年、母が亡くなったときも取り乱すことはしなかった。

母はやっと自由になったのだと思った。もう、抗がん剤の副作用に苦しむことも、痛みに耐えることもしなくていい。やりたいことはやり尽くして、しあわせだと言って亡くなった、その言葉を鵜呑みにしたわけではないけれど、思い残すことが少なかったなら、それでいいと思っていた。

まさか、思い残したことを、一年たって聞くことになるとは。

ざざん、と海が高く鳴る。空を見上げた。

（母さん）

不器用な人だったのだ。洋海がそうであるように。母と息子はよく似ている。

目尻から伝った涙を腕でぬぐい、円の顔を見た。

「もしかして、それを伝えるために、下灘まで来てくれたの」

円は首を横に振った。

「会ってみたかったんだ」

「……俺に？」

「そう。お母さんにあんなに愛されていた自慢の息子に」

彼はすがしく笑った。海を渡る風のように。

「おまえに会いに来てよかったよ、洋海」

夏の終わりを待たずに、円は次の土地へと旅立っていった。

とはいえ、「次は四万十（しまんと）かな」などと漏（も）らしていたから、会いたくなったら会いに行ける距離だ。スマホの画面に映るＳＮＳの写真では、四万十川を背景に、彼が豪快な笑顔を見せている。

（まだ近くにいる）

日に焼けた顔をながめて思い、洋海は首を横に振った。

会いたくなったら会いに行けばいいのだ、どこにいたって。自由に、心のままに、母がそう望んだように。

あの一ヶ月の母やエンほど身軽ではないけれど、自分もまた自由なのだと、今の洋海は知っている。

弓道（きゅうどう）が好きだから部活に行く。

自分に合っていると思うから学校に行く。

将来必要だと思うから勉強する。

母がつけてくれた道を歩む。一歩一歩。すべて自分が選んだことだ。一人で歩む道であっても、洋海は一人きりではない。

電車がゆれて速度を落とす。

下灘の駅前に、レトロブルーのキッチンカーはもういない。

けれども今日も、簡素なホームの額縁（がくぶち）からは、海と空の青があふれている。

夜桜の舞

HARUKA NANAMI
奈波はるか

三月最終の土曜日。

東京は桜が満開になっている。

朝十時少し前の東京駅北口。駅周辺にも桜が咲いているのが見える。

ビジネスマンと旅行者が足早に通り過ぎていく。

今日から三日間、小野佳章は軽井沢方面へでかける。同じ大学の同級生四人の卒業旅行である。集合場所は東京駅・丸の内北口前。

佳章が北口前に着いたとき、メンバーはまだひとりも来ていなかった。

雑踏の中、かすかに鼓の音が聞こえてくる。笛の音も聞こえる。

耳を澄ますと、東京駅の中から聞こえてくるようだ。

駅で鼓の音を聞くとは。なにかやっているのだろうか。

佳章は駅構内に入った。

北口を入ってすぐ、天井の高いホール中央に大型スクリーンが設営されている。

そこには女人が舞を舞っている映像が映っていた。鼓や笛は舞の伴奏だったのだ。

行き交う人の中には足を止めて画面を眺める者もいるが、数は少ない。歩きながら見ていく者がほとんどである。

スクリーンでは、若い女の面をつけた演者が、朱の装束を着て立っている。色目も柄も、見覚えがある衣装だった。

　面をつけた演者の声が聞こえる。抑えめだがよく通る声。

「立ちいでて峰の雲」

　佳章は平手で頬を殴られたような衝撃を受けた。

　これは能『熊野』だ。しかも、舞っているのは父だ。

　佳章の家は、京都で江戸時代から続く能をやる家である。代々、小野家の長男は能楽師になった。現在の当主は佳章の父、小野朋章。

　佳章は朋章の長男であるが、今は能をやっていない。能とはなんの関係もない工業大学を卒業したばかりだ。四月からは大学院へ進むことになっている。家業を継ぐことはないだろう。

　そういう佳章が、たまたま東京駅で父の『熊野』を見て、動揺している。

　ただ立っているだけの「熊野」のたたずまいに、佳章は平静ではいられない。

　なぜなら、五年前、幼いころから叩きこまれてきた能と袂を分かつことになったのは、まさに、この「熊野の立ち姿」ゆえだったからだ。

　女人が静かに動きだした。軽やかな足の運び、まっすぐぶれない身体の軸。ゆっくりと流れる鼓と笛の音。

通りかかった若い男が、スクリーンを見て驚いたようにいう。

「すんげー。見て見て。あれ、ムーンウォークじゃねー？」

「どれが」

連れの男が立ち止まる。佳章と同世代の男たちだ。

「見てみろよ。まるで重力を感じない。マイケルにそっくりじゃん。いんや、もしかしたらムーンウォークより上かもよ。月面を歩いているように見えるじゃないか」

「そういえば、そうだな。たしかに、ムーンウォークだ」

「日本にもあったんだ」

「ムーンウォーク」はマイケル・ジャクソンの独特な歩行のことだ。月面を歩いているようだ、というので、そう呼ばれている。佳章は、能の足の運びを「ムーンウォーク」と比べたことは一度もないが、重力を感じさせないという点で、似ているかもしれない。

鼓と笛に謡（うたい）が加わった。「謡」は人の声による能の伴奏である。楽器と声の伴奏が付くことから、能はミュージカルの一種とも考えられている。

大型画面では、「熊野」が優雅に舞を舞っていた。

久しぶりに父の舞を見る。

ここ五年ほど、盆も正月も家に帰っていない。両親の顔も見ていない。

「熊野」がこちらを見ている。春爛漫の桜咲く清水寺で、少し哀しげな抑えた表情で舞う女人は、悲しみを堪えて、佳章に向かって微笑みかけているように見える。

あれは小野家の蔵に収められている面の中でも、佳章が一番好きだった女面である。

画面の右上隅には、「京都駅　Ｌ·ｉｖｅ」の文字が見える。

なんと、今、父が舞っているのだ。

それなら、今から京都駅へ行けば父の舞を見ることができるのか？

佳章はスマホで検索した。

今日は、京都市主催による「『能』に親しむ日」だという。能になじみのない人々にも広く知ってもらおうと、市内のあちこちで、能・狂言を上演するらしい。京都駅、平安神宮本殿前広場、二条城などに仮設舞台が設けられ、市内各所の能楽堂はもちろんのこと、西本願寺、上賀茂神社、下鴨神社、国立博物館、市立美術館、などの寺社や博物館でも無料公演を行うことになっている。つまり、能がどんなものか興味のある者にはうってつけのイベントが、市内各所で計画されている日なのだ。佳章が京都にいるときには、このような催しはなかった。

京都駅では、午前と午後の二回、能の一部が舞われることになっている。場所は駅構内の大階段前。午前は『熊野』が九時から、午後は『吉野天人』が三時から。演者は、午前も午後も小野朋章。やはり父だ。父が舞うなら映像でなく実物を見たい。今から軽井沢へ行かずに京都駅へいけば、午後の演能には十分間に合う。

佳章は迷うことなく東海道新幹線の乗り場へ向かった。

京都行きの切符を買う。そういえば、東京に来てから、京都行きの切符を買ったのは初めてだ。

ホームに入っている「のぞみ」号自由席に乗りこむ。

席についてから、今日の旅行仲間にスマホでメッセージを送る。

「急用ができて、京都の実家へ向かっている。ドタキャンで申し訳ない。京都から軽井沢へ回れそうなら、どこかで合流する。また連絡する」

列車は品川(しながわ)を過ぎて、多摩川(たまがわ)を渡った。五年ぶりに京都へ向かっている。

それも、楽しみにしていた卒業旅行を蹴(け)って。

どうしてなのか自分でもよくわからない。

無性に父の舞姿が見たくなったからではあるが……。

佳章の頭の中では、父の「熊野」が静かに舞い続けている。

「のぞみ」は定刻に京都駅に到着した。

列車がホームへ入るとき、窓から白い京都タワーが見えた。青い空に白が映える。

今まで、タワーが京都のシンボルだと思ったことはなかったが、久しぶりに見ると、「あぁ、帰ってきたんだ」という感慨（かんがい）にも似た気持ちが湧き上がる。

ドアがあいて、ホームへ降りた。頬にあたる風が東京より冷たい。

駅構内は相変わらず混雑している。コンコースは、あふれんばかりの外国人旅行者で埋めつくされ、歩くのも難しいほどだ。

そんな中を、佳章は仮設舞台が設営されている駅構内の大階段前に向かった。

大階段は京都駅の北西部分に位置し、隣のデパートの壁に接している。デパートの四階から十一階までぶち抜きで続く階段は、高さも幅も巨大で、下から見ると上の果てはかすんでいるほどだ。スロープは緩（ゆる）やかで、階段というよりゲレンデのようにも見える。

この大階段は、床に無数のＬＥＤライトがはめこまれていて、それが季節ごとに「グラフィカルイルミネーション」と呼ばれる絵を描く。静止画のときもあれば、動画のときもある。いわば階段が大キャンバス、あるいは巨大スクリーンの役割を果たしている。しかも、そこを歩くこともできるし、腰をおろすこともできるのだから、ただのキャンバス、スクリーンではない。自分が絵や映像の一部になることができるのだ。たいてい音楽が付随（ふずい）している。

たとえば、正月には巨大な「謹賀新年」の文字が階段の斜面全体を使って現れる。節分には鬼の面が、葵祭（あおいまつり）には葵の葉が現れ、夏は打ち上げ花火がドーンと上がる。クリスマスのころには階段全面に雪が降り、『ジングルベル』に合わせてトナカイが引く橇（そり）が走る。きれいで、幻想的で、楽しくて、大階段は京都駅で佳章が好きな場所のひとつになっている。ただし、光の絵が現れるのは、薄暗くなってから。開始時間は季節によっても異なるが、終わるのは二十二時と決まっている。

大階段前にいってみると、東京駅で見た仮設の舞台があった。大階段の一番下はちょっとしたホールのようになっていて、「室町小路広場（むろまちこうじ）」と呼ばれている。そこに観覧者用の折りたたみ椅子（いす）が、ざっと見て百席ほど並べてある。観覧者は階段を背にして舞台を見ることになる。椅子が足りなければ、階段に腰を下ろして見物することも可能だ。

今はなにも行われていない。大階段も暗いままだ。

休憩時間ということなのか、観覧者も主催者らしき人の姿も見えない。

佳章はがらんとあいている椅子のひとつに腰をおろした。

スマホで時間を確かめると、午後の部が始まるまで、まだ少し時間がある。

どこかで昼飯を食べよう。

エスカレーターを下ったところにある店で、サンドイッチとコーヒーを頼んだ。

食べ終えて大階段前の仮設舞台に戻ると、さっきは暗かった大階段に、ＬＥＤで描かれた桜吹雪（さくらふぶき）が舞っている。

こんな時間にイルミネーションが点灯するのは珍しい。まだあたりが明るいから、光の映像は夜より淡いパステル調に見えるが、これはこれで悪くない。

階段の上から下まで、無数の花びらが風に吹かれるように、左右にゆったりと揺れながら落ちてゆく。四階から十一階までの通し階段を埋め尽くす花びらの数たるや、数万はありそうだ。いつもなら映像に合わせて音楽が流れているのに、なにも聞こえてこない。桜の花弁だけが、静寂の中を雪のように舞っている。

午後の演能が行われるときにも、この桜のイルミネーションは点灯しているのだろうか。だとしたら、最高の演出になる。

なぜなら、『吉野天人』は、タイトルが示すとおり、桜が満開の吉野山に天人が舞い降り、舞を舞って見せるという物語である。桜とは切り離せない能のひとつだ。

落下する無数の桜花の中で『吉野天人』を舞ったらどうだろう。能舞台ではありえない想定だが。

能は余計なものをそぎ落として演じるのが本来の姿だ。小道具も最小限に限られる。背景は舞台正面に描かれた松のみ。限られた中での能役者の演技を見て、観客は背景も含めて諸々、自分でイメージして鑑賞する。イメージする力がある者は、それだけ豊かな世界を楽しみ、逆に、イメージ力に乏しい者には、貧弱な舞台になるだろう。

舞台の設営の仕方を見ると、大階段のイルミネーションは観客の背中側にある。桜は演者にしか見えない。つまり、今回は、舞台効果を狙ったイルミネーションということではないらしい。

もし、大階段の桜吹雪が『吉野天人』が演じられるときにもこのまま降っているのなら、自分だったら、桜のイルミネーションを最大限利用したくなるだろう。

舞台の背景にイルミネーションを使うなど邪道である、と父にいわれそうだが、ここは能楽堂ではない。仮設の舞台だ。せっかくこんなに大規模な桜のイルミネーションがあるのだから、使わないという手はないと思うのだが。

ここまで考えて、佳章はひとり苦笑した。

能から離れた自分が、なにを妄想しているのか。

自分は、江戸時代半ばまで遡ることができる能をやる家の長男に生まれた。まわりのだれもが、長男は当然家業を継ぐと思っていた。父も母も、そして自分も。

それなのに、その道に進むことを途中で拒否した。

佳章の能の師匠は父だった。稽古場は自宅の能楽堂。小野家の代々の長男がみなそうであったように、三歳で初舞台を踏み、十歳で初シテをやった。主役を「シテ」と呼ぶ。

　稽古は厳しかった。できるようになるまでやらされた。師匠の前で泣くことは許されなかった。稽古を離れても、父に対しては常に敬語を使い、父の前では常に正座。障子も座って開け閉めしないといけなかった。江戸時代からの家の芸を継承している父は絶対的な存在であり、佳章にとっては、神棚に祀ってある神にも等しかった。

　佳章にとって目標は父。いつか、父を超える能役者になりたい、と幼いころから願ってきた。恥ずかしげもなく周囲に公言もしていた。

　父はとにかく怖かった。

　それでも、稽古は大好きだった。どんなに叱られても、稽古を嫌いになったことはない。不思議だった。なぜなんだろう、とよく思ったが、理由はわからない。能は観るのも、演じるのも好きだった。

　京都市内の高校を卒業すると、東京にある大学の邦楽科・能楽専攻に合格した。父も喜び、ここまでは順風満帆だった。

　ところが、東京へ出発するその日、父の舞を見た。あの舞を見なかったら、なんの迷いもなく大学で能楽を学び卒業していただろう。

　出発前に、挨拶するために父を捜すと、能楽堂で弟子に稽古をつけているという。

それなら、稽古が終わってから挨拶しよう、と佳章は能楽堂に入った。

三月下旬の、まだ肌寒い日で、能楽堂には暖房が入っていた。

その日に入門したばかりだという女性が、緊張した顔で舞台正面の見所に座っている。能楽堂の観客席を「見所」と呼ぶ。

父は能舞台の上にいて、これから『熊野』の仕舞の稽古を始めるところらしい。

『熊野』は能の中でも最も人気がある曲のひとつで、仕舞を稽古する初心者が最初に習う曲のひとつでもある。「仕舞」とは能の見せ場の一部を切りとって、面や装束をつけずに演じる舞である。

「熊野」というのは、平安時代の末期、平家全盛の時代に、ときの権力者・平清盛の息子である平宗盛の寵愛を受けた女性の名前である。

あるとき、熊野のところに、故郷で病にふせった母親から熊野にひと目会いたいと書かれた手紙が届く。熊野は家に戻りたいと願いでるが、宗盛は許さず、清水寺の花見に連れていく。春爛漫の花見の席で、熊野は病に伏す母を偲んで舞を舞う、という場面が仕舞として舞われる。

そのときの父は普段着のズボンとシャツに白いカーディガンという軽装で、仕舞の稽古だとわかるものは足袋と稽古扇だけ。いつも見ている稽古場での父の姿だった。

「まず、私が舞ってみますからね。見ていてください」

父は、仕舞の稽古のときには最初に「お手本」を舞ってみせる。仕舞は、本来は「謡う者」と「舞う者」は別であるが、稽古だからひとりで謡いながら舞う。

舞台正面に描かれた松を背景に、仕舞を始めるときの定位置に父が立った。

その瞬間、能楽堂の空気が変わった。

面もつけていない。装束も身につけていない。白いカーディガン姿で立っているだけなのに、そこに立っているのは父ではなかった。豪華な赤い唐織りの衣装に身を包んだ女人が立っているのだ。平宗盛の愛妾「熊野」だった。美しい桜の中にあって、熊野の切ない心が立ち姿に現れている。

ただ立つだけで、熊野がどんな女性なのか、そのときの熊野の気持ちや、なにを考えているのかを一瞬で見る者に理解させてしまう。佳章は舞が始まる前の熊野に圧倒されてしまっていた。

満開の桜の中で哀しげに舞う「熊野」は美しかった。

能は衣装も動きも美しくてあたりまえ。装束も舞の振りも声のだし方も、すべて昔から伝えられている「型」があり、それにのっとって行われている。作法どおりに演じる、それがすべてである。仕舞の所作ひとつひとつをことさら改めて「美しい」と思ったことはない。

それが、あのときは違った。

これまでにも、父の演能は数えきれないほど見ている。それなのに、どうしてこれほどの衝撃を受けたのか。

「能は総合芸術」、衣装と舞台と、地謡(じうたい)やお囃子(はやし)に助けられて、完成された舞台になる、と教えられてきた。「地謡」とはバックコーラスのことだ。

ところが、眼の前の父は、なんの助けも借りず、身ひとつで舞台を完成させ、ほかのものを寄せ付けもしない。父の存在自体が「熊野」になっている。これこそ完璧(かんぺき)な能ではないのか。

佳章はその日に東京へ出発する予定だったが、原因不明の熱が出て、東京出発は三日延ばした。

大学が始まり、やがて謡や仕舞の実習も始まった。

仕舞は幼いころから稽古しているし、舞うことは好きである。

ところが実習が始まってまもなく、舞台の上でまっすぐに進めないことに気づいた。

まっすぐ進んでいるつもりでも、意図せず曲がってしまうのだ。扇を持つ手も震える。

しかも、震えは徐々にひどくなり、扇の要(かなめ)を握れなくなった。

それだけではない。舞台に立つことを考えるだけで汗びっしょりになる。

ついには舞台に上がれなくなった。なぜか足がすくんでしまうのだ。

能を学ぶために大学へ入ったというのに、稽古できなくなるとは夢にも思わなかった。

八月、東京公演のために上京中だった父が、佳章を病院に連れていった。

身体（からだ）に異常はなし。医者からは、今の環境からしばらく離れることを勧められた。

病院からの帰り道、コーヒーショップに立ち寄ったときだった。向かい合って座っていた父が唐突（とうとつ）にいったのだ。

「大学はどうする？　休学するか」

父の声はいつもと同じ調子だったが、このひと言で、佳章は「能役者としては失格」と宣告されたような気がした。自分は小野家の長男として役立たず、不要な人間なのだと。

父にしてみたら、能をやる家の跡継ぎが能舞台に上がれなくなったのだ。ふざけるな、といいたいだろう。

「京都へ戻ってくるか」

父が抑揚（よくよう）のない声でいう。

そんなことをしたら、自分がどうなるかわからない。京都の実家は能の家だ。まわりがみな能の修業に励（はげ）んでいるとき、自分ひとりが舞台に上がることもできず、みなの稽古を眺めているしかできないなど、針のムシロである。

「帰りたくありません」

「じゃ、どうするつもりだ」

答えられない。自分でもどうしていいのかわからない。

佳章が返事に詰まっていると、父はさらっといった。

「それなら、好きにすればいい」

父がどういうつもりでいったのかわからないが、これが佳章にとどめを刺した。

自分は能の家にはどうでもいい子供、見捨てられた息子、と感じたのだ。

それならば、と佳章は「好きにする」ことにした。

自分は能とは関係のない道へ進む。夏休みが終わる前に、大学は退学した。

能の稽古はいっさいしない。公演を見にいくこともない。能からは離れた。

そしたら、だいぶ気が楽になった。

これからは好きな数学と物理学を生かした道へ進もう、と東京のアパートで再び受験勉強を始めた。

翌年の三月、佳章は都内の工業大学を受験し、合格した。奨学金(しょうがくきん)をもらえたが、それだけでは足りず、実家から仕送りしてもらっていた。

邦楽科をやめて、まるで畑の違う大学へ入り直したのに、両親から非難めいたことをいわれたことは一度もない。仕送りも途切れたことはない。自分の我がままを許してくれた両親には、いつか恩返しできたら、と思っている。

今年、大学院へ進学する。複数の奨学金をもらえたから、今度は家から仕送りしてもらわなくてもやっていけそうである。

ポン、と肩を叩く者がいる。

え？　だれだろう、と振り返ると、年配の女性が立っていた。深い緑色の着物を着ている。笑顔に見覚えがあった。

「こんにちは、佳章くん。久しぶりね」

祖父の弟子だった女性、藤野弥栄子（ふじのやえこ）だ。祖父が亡くなってからは父に師事している。

佳章には幼いころからの知り合いで、はるか昔は弥栄子の膝の上に乗って遊んでもらった記憶がある。プロの能楽師ではないが、自分の弟子をとることを許されている小野家の高弟のひとりである。

「元気にしてた？」

「はい。藤野先生もお元気そうで」

「私は元気にしてるわよ」

弥栄子は佳章の隣の椅子に腰をおろした。

「お父様の舞台、観にいらしたのね」

「は、はい」

弥栄子は東京出身で京都に嫁いできた。今でも歯切れのいい東京弁をしゃべる。

弥栄子は大階段に目をやりながらいう。

「すごい桜だわね。『吉野天人』にはぴったりね」

『吉野天人』のヤマ場は、天女が吉野山の桜を愛でて舞う場面だ。

「あの桜吹雪を使わないともったいないですね」

「あら、お能の『吉野天人』では、桜の造花一本で全山の桜を表すのよ。桜吹雪が現れる演出はないわよ」

それは佳章も知っている。能舞台の中央前方に桜の木の造花が一本だけ、小道具として置かれる。それが全山満開の吉野山の桜を象徴する。

「さっき見ていて思ったんです。舞台と大階段を一体化して、あの大階段を吉野山に見立てたらどうだろうと。桜吹雪が舞い散るなか、『吉野天人』を舞ったら最高だろうなと」

「でもね、お能では大がかりな舞台装置や背景は使わないのよ。それはご存じでしょう」

「はい。わかってます」

「この桜吹雪を見て、『吉野天人』の演出を考えてらしたのね」

「イルミネーションが、あまりにも『吉野天人』にぴったりだったんで」

佳章の言葉に、弥栄子はニッコリ笑って改めて佳章を見る。

幼いころを思い出すような温かい笑顔だった。

しみじみと見られて、佳章は少し照れくさい。

「そういえば、佳章くんは、この春、工業大学を卒業なさったんだったわね」

藤野は、佳章が能楽専攻のある大学を中退して工業大学に進んだことを知っている。

「工業大学へいらっしゃってからも、能の稽古はなさってたの？」

「いいえ。まったく。足袋をはいたこともありません」

「あらま。そうなの」

弥栄子は目を丸くする。

「じゃ、お謡もお仕舞もなさっていなかったのね」

「はい」

「お謡はやってらっしゃると思ってたのに、残念だわー。あなたのお声、好きだったのよ。お父様もいいお声だけれど、色気の種類が違うのよね。あなたのは『時分(じぶん)の花』。私みたいなおばあちゃんは、聴くだけで気持ちが若返るわ」

自分の声がどうの、と思ったこともないし、だれかからいわれたこともない。佳章は驚いた。「時分の花」は、室町時代に能を大成した世阿弥の言葉である。若いときには若さゆえの魅力があり、それを「時分の花」と世阿弥は呼ぶ。

「あなたのお謡のファンだという人もたくさんいたのよ」

佳章は目を丸くした。そのようなことは今まで一度も聞いたことはない。

「それにね、あなたの『飛び返り』に参ってる女性も多かったわよ」

「飛び返り」とは、仕舞や能で、荒ぶる神などを演じるときにやる型だ。跳び上がって空中で回転し、片膝ついて着地する。

「正確さと美しさにかけては、右にでる者はいないと評判だったわよ」

佳章は眼が点である。「飛び返り」はたしかに、気持ちよくできたし好きだった。

「あれがもう観られないと思うと、残念だけど、しょうがないわね。嫌いなものを続けるのは苦痛ですものね」

嫌いじゃありません、好きですよ、と佳章はいいたかったが、好きなのになぜやめたのか、という説明がうまくできそうにないから黙っている。

「だれでも人生は一度きり。自分の好きなことをやるのがいいわ」

「でも、家業を放りだした息子に、父は戸惑ったと思います。父の後は、だれが継ぐか決まってるんですか？」

　弥栄子なら聞いているかもしれないと思ったのだ。

「そういうお話は一度もでないわね。先生、そのへんのことは考えていらっしゃらないいんじゃないかしら」

　意外な返事だ。佳章がいなくなった小野家では、後をだれに継がせるか、最重要案件だと思っていたのだが。

「てっきり後継者がいるんだろうと思っていました。ぼくが大学を退学するときも、無理に引き留めようとはなさいませんでしたし」

　弥栄子は首を傾げる。

「たぶん、無理強いしてもいい芸は生まれない、とご存じだからよ」

　大階段の桜のイルミネーションが消えた。

「あら、大階段の灯りが消えたわね」

　本番の舞台のときには、点灯するのだろうか。今日の演目は『吉野天人』なのだから、ついていて欲しい気がする。

「ねえ、佳章くん。あなた、小さいころ、よくおっしゃってたわよね。お父様を超える能楽師になるんだって」

「ええ、以前はいってましたね。それがぼくの目標でしたから」

「だから能を勉強するために大学へいかれたんでしょう。でも、やめてしまわれた。どうしてなの？　先生は詳しいことはおっしゃらないし。いろいろ聞くのも失礼だろうと思って、おたずねしなかったんだけど」

弥栄子は、幼いころから稽古に励む佳章を見てきた。能楽専攻の大学に合格したと思ったら、すぐにやめてしまったのだから、わけがわからなかったにちがいない。

そのへんのことは、弥栄子には知っておいてもらいたい気もするが、あまさず伝えるのは難しいかもしれない。簡単に説明した。

「大学で能を学びたいと思ったんです。だから合格してうれしかったです。でも、入学して、授業が始まって、舞台に上がれなくなってしまったんです」

「え？　どういうこと？」

「理由はわかりませんけど、まっすぐに舞台を歩けない、扇（おうぎ）も持てない、という状況に陥（おちい）ってしまったんです。やりたいのにできない」

「まぁ、どうしてなの？」

「わかりません。扇を持っても、力が入らなくてぽろりと手から落ちるんですから」

弥栄子は目を丸くする。

「扇がぽろりと？　今も持てないの？」

佳章が首を傾げると、弥栄子は帯締めの間に挟んでいた扇を差しだした。仕舞扇だ。

「持ってみて」

佳章は差しだされた金色の扇を手にしてみる。

普通に持てる。

「持てるじゃない」

「今は持てますけど、舞台に立つと手が震え始めるんですよ」

「そうなの？」

そのとき、弥栄子のスマホが鳴った。

弥栄子は佳章のいうことが信じられないらしい。

「ちょっと失礼ね」

弥栄子が電話にでる。

「え？　なんですって？　それは」

弥栄子の声が緊張している。

「本当ですか？　代役を捜すんですね。はいわかりました。すぐに捜します」

慌てている様子だ。

「どうなさったんですか?」

「朋章先生、意識がなくて、救急車で京大病院へ運ばれなさったそうよ」

「意識がない?　いったい、どうしたんですか?」

「詳しいことはわからないの。奥さま、気が動転していらっしゃるようで、おっしゃることがはっきり聞き取れないのよ。とにかく、今から京大病院へいってみるわ。あなたもいらっしゃるでしょ?」

「もちろん、いきます」

佳章は弥栄子とタクシー乗り場へ急いだ。

駅前で乗ったタクシーは鴨川を渡り、川端通りを北へ向かう。車の中で、弥栄子はスマホであちこちへ電話をかけている。話の内容から、父の代役を捜しているらしい。

佳章は弥栄子の横で押し黙っている。

今まで、父は元気で、特別持病も持っていなかった。これから円熟期に入っていき、やがては京都能楽界を牽引する存在になると思っていた。

東京へ行ってから、父の舞台は一度も見ていないし、ほかの能楽師の公演にも近寄らなかった。自分は能をやめたけれど、父はずっと舞い続けていると勝手に思っていた。もう父の舞姿を見られないなんてことになったら……。


京都大学病院、救急外来入り口。

待合所に母の姿が見えた。

佳章にとっては母に会うのも五年ぶりである。工業大学の入学式にも卒業式にも、両親は現れなかった。

母の顔色は血の気がない。唇などは真っ白といっていいくらいだ。

「意識は戻られましたか?」

弥栄子の問いに、母は首を振る。

母は佳章がいることに気がついた。

「あ、佳章。京都にいたの」

息子が急に現れて驚いているらしい。今日、上洛することは、母にも父にも知らせてない。母の顔には疲労の色がでている。

母の話では、父は京都駅前を歩いているときに倒れたという。通行人が救急車を呼んでくれて、母は家で連絡を受け、病院にかけつけたときには父の意識はなかったそうだ。

「ここのところ仕事が詰まってはったし、無理してはったんやと思うわ」

検査が終わるまでは、原因もわからないし、治療方法も決まらないという。

母が心配そうに弥栄子にいう。

「今日の午後の公演、どなたか代わりの方は見つかりそうですか?」

「今、捜しているところです」

「開演を一時間遅らせてもうたんですけど」

「聞いております。それまでになんとかします」

開演時間が四時になったらしい。

佳章は自販機で水を買ってきて、母と弥栄子に渡した。

弥栄子は、あちこちに電話をかけている。

処置室前に置かれているベンチの、母の隣に腰をおろす。

買ってきた水をラッパ飲みする。

実家とは疎遠だったのに、今、母の隣に自然に腰をおろすことができた。

こんな状況下だからか、しばらく離れていたからなのか、気負うことなく母の隣に座っている。

佳章は母に、東京駅で父のライブ映像を見て、卒業旅行へいくのをやめて京都駅の仮設舞台へいったことを話した。

「そう、東京駅でお父さんの『熊野』を見たの……」

「午後、『吉野天人』を舞われるなら拝見したいと思ったんです。そしたら会場で藤野先生にお目にかかって」

母はうなずいただけで、なにもいわない。

代役の話がついたのか、電話を切った弥栄子がやってきた。

「ちょっと、佳章くん、きて」

少し離れたところへ連れていかれる。

「あなたに手伝って欲しいんだけど」

「なにをですか」

「午後の『吉野天人』」

「いいですよ。なにをお手伝いしましょう」

「今から佳雲閣へいくわよ」

「佳雲閣」は「小野能楽堂」の別称である。何代か前の小野佳雲が建てたことに由来している。佳章が幼いころから父に稽古をつけてもらってきたのもこの能楽堂だったし、初舞台もここである。

佳章は弥栄子に腕をつかまれて、病院の外へ引っ張っていかれる。

「佳雲閣へなにしに」

「それは着いてから説明するわ」

問答無用で、佳章はタクシーに乗せられた。佳雲閣は左京区岡崎にある。京大病院からはすぐである。徒歩でも行ける距離だ。

タクシーから降りると、温かい春の陽が注いでいる。天を仰ぐと、澄んだ青空が広がっていた。どこかで『吉野天人』が舞っているのではないかと思えるような空だ。

弥栄子が軽い口調でいう。

「佳章くん、あなた、たしか、『吉野天人』のお能で、シテをやったことあるわよね」

「シテ」は能の主人公。前半の主人公は「前シテ」、後半の主人公は「後シテ」と呼ばれる。『吉野天人』の前シテは里女、後シテは天人だ。前後をふたりのシテがやるときもあるし、ひとりで両方をやるときもある。

「ありますけど、何年も前のことです」

「だったら、今日の京都駅の舞台、立てるわよね」

佳章には弥栄子がいってることの意味がわからない。

「ぼくが舞台に立つんですか?」

「そうよ。あなたが」

「なんでぼくなんですか」

「ほかにできる人がいないの」

佳章が眉(まゆ)をひそめると、弥栄子が説明する。

「今日はプロの能楽師は全員、駆りだされて、どこかでなにかやってるのよ。あいている能楽師はひとりもいないという日なのよ。つまり、朋章先生の代わりに舞える能楽師はいないということ」

そういえば、今日は『能に親しむ日』だった。京都能楽界のプロはみな駆りだされている。

「で、協会からなんとかせい、といわれてるんだけど」

「それなら、藤野先生が舞えば」

「私はもうおばあちゃんよ。こんな年寄りがでてどうするの」

弥栄子は八十代半ばである。

「装束(しょうぞく)つけるんだし、面(おもて)もつけるんでしょう。お客様には天人の年齢なんてわかりませんよ」

「そう思うでしょ。ところが、そうでもないのよ。装束つけて面をつけていても、中の人が若いか年とってるか、わかるものなのよ」

そういわれてみれば、たしかにわかる。動きや舞や風情で。

「天人の少女なんだから、おばあちゃんより若い人がいいわよ」

弥栄子がとんでもないことをいう。

「ぼくは、お能はもうやめたんです」

「でも、あなたはお能の家に生まれたのよ。小さいころからお稽古してきたのだから、舞えるわよ」

「無理です。五年も稽古してません」

「大丈夫よ。身体が覚えてるわ」

それより、扇を持てないかもしれない。それが一番の問題だ。

弥栄子は着物の袖をめくって、腕時計を見る。

「あまり時間がないけど、少しはお稽古できるわ。『吉野天人』をおさらいしましょう」

弥栄子は佳章の腕をつかんだ。

「さあ、いきましょ」

弥栄子は佳章が舞台に立つものと決めこんでいる。

「そんな、無茶ですよ。素人同然のぼくが」

「なにいってるのよ。だれがシロウトですって？　あなた、小野家の十一代目でしょ。お父様にしっかり叩きこまれているはずよ」

「扇を持てないんだって、いったでしょう」

「さっき持ったわ」

「舞台に立ったら持てないんです」

「持てるかもしれないわ。試してみましょ」

佳章には、扇が持てるかどうか重大問題なのに、弥栄子はなんでもないことのようにいう。

佳雲閣の玄関から能楽堂までの細長い廊下を、佳章は弥栄子に引きずられていく。弥栄子に背中を押されて能楽堂に入った。

能舞台に灯りが入る。

観客のいない静まりかえった能楽堂。冷たい空気のわずかな動きを頰で感じる。ピンと張り詰めた緊張感。

五年ぶりに見る能楽堂はずいぶん年とった気がした。柱や屋根の色も、自分が舞っていたときより飴色がかって重みがでている。

物心ついたときから、この能楽堂は佳章とともにあった。幼いときからここで遊び、稽古し、泣き、笑い、舞ってきた。ここで育ったといってもいい。

なつかしい。

正月には能楽堂にしめ縄が張られ、正面に設けられた神棚(かみだな)には巨大な鏡餅(かがみもち)が供えられる。冷たい空気が張り詰めた新年の能楽堂では、新春の「謡い初め」が行われ、佳章も加わって謡(うた)った。祇園(ぎおん)祭りの宵山(よいやま)には、ロウソクをともして「宵山能」が行われる。浴衣(ゆかた)を着た善男善女(ぜんなんぜんにょ)で、能楽堂の見所(けんしょ)は満員だった。エアコンも効かないくらいの熱気で、みんな祭りの団扇(うちわ)で煽(あお)っていた。

そんな思い出が限りなく浮かんでくる。

自分にとって、佳雲閣はただの建築物ではない。いうならば、親友、いや、恋人だった。ずっと恋し憧れ、佳雲閣もその気持ちを受けとめてくれていた気がする。

そんな佳章の気持ちを見透かすように、弥栄子が温かみのある声でいう。

「どう？　なつかしいでしょう」

弥栄子は手にタブレットを持ってきていた。佳章に見せる。

「あなたがシテをやった『吉野天人』よ。同門研究会のときのお能ね。これを見て復習して。さ、早く」

果たして自分にできるだろうか。扇を落とさずに持てるだろうか。まっすぐに進むことができるだろうか。

　佳章は渡されたタブレットの動画を見た。京都観世会館で佳章が天人を舞っている。主催は能楽研究会。若手の能楽師育成を助成している会である。東京へいく一年ほど前のことだ。すっかり忘れていたが、当時の記憶がよみがえる。

「リハーサルはないそうよ。そのつもりでね。リハーサルがなくてもできるでしょ」

　こうなったら、四の五のいってられない、舞台に穴をあけないためにも、やるしかない、とはわかっているが、この五年間、舞台に上がったことはないのだ。できるだろうか。

「扇を落とすかもしれません」

「大丈夫。私が拾ってあげるわよ」

「下手(へた)になってると思います。間違えるかもしれない」

「平気平気。そんなことは気にしないで。完璧(かんぺき)は期待しないから。それっぽく舞えばいいのよ。創作しても大丈夫よ。だれにもわからないわ」

「わかる人が見たらわかると思いますけど」

「わかる人は、ほかの舞台に立っているわよ。まわりはわからない人だらけ、と思っておけばいいのよ」

　弥栄子は佳章の心配など気にならないらしい。

「それに、あなた、さっきいってらしたでしょ。大階段を吉野山に見立てて舞ったら、すごいかもしれないって」

「たしかに、いいましたが……」

あのときは、まさか自分がやるとは思わずいったのだ。

「お舞いなさいよ。あなたの『吉野天人』を。大階段を使いたかったら、使ってもいいんじゃないの」

背中をポンと叩かれる。

そんなことをしたら父に叱られる。勝手なことをやるなと。

「可能なら、桜吹雪が散る大階段を舞い上がりたいんですけどね。天人のように」

「それは無理ね」

弥栄子が即否定する。

「やっぱり無理ですよね」

面をつけたら足もとは見えないからだ。階段は、だれかに手を引いてもらわないかぎり一段も上がれない。

「大階段を背景に舞うなら可能よね」

「でも、大階段は客席の後ろにあるんですよ」

「舞台を移動すればいいじゃないの」

「え？　移動できるんですか？」

「今なら可能だと思うわよ」

藤野がスマホをとりだす。

「今から舞台の移動を頼むわね」

「ちょ、ちょっと待ってください。桜吹雪を背景に使ったとわかったら、父に叱られます。そんなのは能じゃない、歌舞伎（かぶき）だって」

「そうね、先生はそうおっしゃるわね」

弥栄子はしばらく思案していたが、「うん」とうなずいた。

「私がやったら叱られるけど、あなたなら大丈夫よ」

「どうしてですか」

「さっきおっしゃったじゃないの。お能はもうやめたんだって。つまり京都能楽界とは関係ない人。よそ者ならできちゃうわよ」

弥栄子は電話して、仮設舞台の移動を指示した。

「さ、やるしかないわよ」

こうなったら、ウンというしかない。佳章はうなずいた。

『吉野天人』は佳章の好きな曲のひとつだったし、大階段の桜吹雪を背中にしょって舞ったらどんな気持ちになるか、知りたい気もする。

「今からシテのところだけやってみましょう」

佳章は久しぶりに足袋(たび)をはいた。

見所から舞台に向かう。

正面の階(きざはし)を上がって舞台に立ったとき、心の中で能楽堂に向かっていった。

〈おまえも年をとったな〉

佳章にとって、佳雲閣はただの建物ではないのだ。

しみじみとした気持ちで、正面の鏡板に描かれた松と対面する。

〈おかえり、佳章〉

能楽堂が、やさしい声で返してくれたような気がした。

自分が戻ってきたことを、能楽堂が喜んでくれているのか?

こうして、再びここに立てて自分も嬉しい、と能楽堂に伝えたい。

思わず口にだしていった。

「ただいま、佳雲閣」

ここに来たばかりのときは冷たく厳しかった空気が、今はなぜか暖かくて心地よい。

ぴしっと張り詰めた真冬の空気のような緊張感は今はない。能楽堂が喜んでいるからなのか。それとも、自分が喜んでいるからなのか。

「始めるわよ」

タブレットを持った藤野の声がかかる。

「お願いします」

佳章は幕の内に入った。シテは幕の内から、廊下(ろうか)のような橋掛かりを通って舞台へ登場する。

握っている扇の骨が、ひんやりと心地よい。重くも軽くもない、ちょうどいい扇の重さ。ここ数年忘れていた感覚だ。佳章は姿勢を改めた。


午後三時半少し前に、佳章は弥栄子とともに、京都駅に着いた。

さっきまでは天気がよかったのに、空は暗くなり夕立がきそうな気配だ。

室町小路広場にいくと、仮設舞台は、頼んだとおりに移動していた。大階段のすぐ前に接するように置かれている。大階段は暗いままで、イルミネーションはついていない。

「これでいいかしら」

「桜のイルミネーションは点灯するのですか？」

「もともと四時からつく予定になってたんですって。でも開演と同時に点灯したら早すぎるわよ。点灯と消灯は、私が指示するから大丈夫よ」

舞台中央には松が描かれた金屛風が置かれている。能舞台の正面にある鏡板の代わりなのだが、後ろの大階段は屛風にさえぎられて見えない。屛風の上からのぞいている分は見えるだろうが……。

大階段を見あげていた佳章が遠慮がちにいう。

「これだと、椅子席に座っていたら桜吹雪はちょっとしか見えませんね」

「そうね。天人が桜吹雪の中で舞っているように見えないといけないのよね」

弥栄子も階段を見あげていう。

「なんとかするわ。そのへんは私に任せて。あなたは天人の舞に没頭してくだされば」

弥栄子はすべて心得ているから、こういうときに心強いが、なんとかするって、どうするつもりだろうか。

舞台のことは弥栄子に任せて、佳章は舞台脇にしつらえた楽屋に入った。楽屋といっても、シートを敷いて幕で囲っただけのスペースである。衣装替えをするのに使う。

イベントの進行係の男性から指示があった。午後の部は四時から始まる予定になっているから、開演五分前にスタート位置につくようにと。

　これから衣装に着替える。衣装や面は、父がつけるつもりで用意してあったものを使う。佳章は前シテと後シテをひとりでやる。最初の前シテは里女ではあるが、ほんとは天人だから朱色の豪華な唐織り（からおり）の衣装をつける。能衣装はひとりでは着付けはできない。複数の者が着せてくれる。ときには、針と糸で縫（ぬ）い付けて形を決めることもある。鬘（かつら）をつけて、若い女性の面をつける。

　地謡（じうたい）やお囃子（はやし）の先生方も集まりはじめた。先生方は、みな黒紋付き（くろもんつ）きに袴（はかま）姿だ。黒紋付きは能楽師の「制服」といってもいい。「ワキ」の「都の男」も衣装を着替えている。

『吉野天人』のシテを舞う予定だった小野朋章が京大病院に運ばれたことは、集まった人たちはみな承知していた。だから、みな一様に無口である。代役は弥栄子が手配することになっている、ということも連絡がついていたらしい。

　先生方がきたときには、佳章は面もつけて準備していたから、代役のシテはだれなのか、先生方は知らないようだった。

　そのほうがいい。今の自分は京都能楽界の部外者なのだから。

　開演時間になった。

　舞台脇で、司会者が『吉野天人』の物語をざっと紹介する。

「吉野に花見にいった都の男が、里女にであいます。実はこの里女は天人で、夜になったら天の舞を見せてくれるという。男が楽しみに待っていると、えもいえぬ心地よい音楽が聞こえてきて、良い香りが漂ってくる。ついに天人が現れ、満開の桜を愛で、舞を舞う。男はうっとりそれを眺めます。最後には天人は天に昇って消えていく、という物語です」

仮設の客席は満員で、立ち見の客も大勢いる。たいした盛況である。

幕の内にいる佳章が幕間からチラリと舞台を見ると、地謡と笛、鼓、大鼓、太鼓のお囃子が座している。さっきは正面に置かれていた金屏風が左に大きくくずれて置かれている。中央部分は背景がない空間がある。向こうに薄暗い大階段が見えている。イルミネーションの点灯は弥栄子が指示するといっていたが、いつつくのだろうか。外は雨が降り始めている。

佳章は幕の内で心鎮めて五感を澄ませる。これは、始まる前の、佳章がいつもやっていた数秒の儀式である。

能『吉野天人』が始まった。

「花の雲路をしるべにて」

ワキの都の男が舞台に登場する。男は吉野へ花見に行こうとしている。

シテの佳章は、まだ舞台にでていない。

次に男が都から吉野へ向かう「道行」になる。

「この春はことに桜の花心」

ここで、雨模様で薄暗かった大階段が一瞬に明るくなった。舞台中央があいているから、よく見える。てっぺんまで見える。山のようにそびえる大斜面に、桜が乱舞している。

そうか、このために、弥栄子は屏風の位置を変えてくれたのだ。

都の男が吉野に到着すると、佳章の里女が登場。

面をつけているから視界は狭いが、大階段の桜吹雪はよく見える。

女は男に声をかけ、互いに身分をあかす。女は天人であることをあかし、「月の夜遊を見せ申さん」と姿を消す。

ここで女は一旦、幕の内へ入り、衣装を着替える。その間、舞台では狂言方が現れて間（あい）語（かたり）をして、物語をつなぐ。

『吉野天人』の後シテは天人。人間ではない。女神の衣装を身につける。

天人は空を舞うから、羽のようにも見える広袖の薄い衣を羽織（はお）る。それに加えて、里女はつけていなかった黄金の天冠を頭にのせる。これが、耳もとでシャラシャラと涼やかな音をたてる。

「不思議や虚空に音楽聞こえ。異香薫（いきょうくん）じて花降れり」

後半部の地謡が始まった。後半の舞台は夜の吉野山。

「琵琶(びわ)・琴(こと)・和琴(わごん)・笙(しょう)・篳篥(ひちりき)」

妙なる音楽が聞こえてくるという謡が続く。

天人に姿を変えた佳章が幕の内より登場。

「天つ乙女(おとめ)の羽袖(はそで)を返し」

桜吹雪の前で、天人の少女は桜を愛でる喜びの舞を舞い始める。

しばらく遠ざかっていた舞の感覚が佳章の身体(からだ)によみがえる。バランス感覚が戻っていることも実感できる。佳章にとって、舞を舞うということは澄んだ空気を胸一杯に吸いこむのと同じである。舞う喜びに身体中が満たされる。

「声澄み渡る。春風の。天つ少女の羽袖を返し」

謡のように装束の袖(そで)を翻(ひるがえ)す。

「花に戯(たわむ)れ。舞うとかや」

春の宵(よい)、美しい吉野山にはよい香りが漂っている。

大階段の斜面を、まるで川のように桜吹雪が流れてくる。

何万という桜の花弁に逆らうように舞う少女。

天衣の羽を翻して、少女はときには舞い降りたり、また舞い上がったり。

眼下は月明かりに包まれた桜の吉野山。天人が舞ながら下界を眺めるこのあたりは、舞っていても優雅で雄大で気持ちのいい部分だ。

「春の花の。梢に舞い遊び。飛び上がり飛び下る」

最後の謡が聞こえる。

「また咲く花の。雲に乗りて行方も知らずぞ。なりにけり」

佳章はそのまま幕の内へ消える。

大階段の灯りが消えた。お囃子も聞こえなくなった。

華やかな夜桜の舞のシーンから一転して、あたりは暗くなった。

客席から拍手がおこった。それも大きな拍手だ。

こんなに喜んでもらえたのかと思うと、佳章もうれしい。今ごろになって、心臓がドキドキしてくる。

面の下も装束の下も汗でびっしょりだが、身も心も軽い。まさに天人のように空に舞い上がりそうな気持ちだ。

父に観てもらいたかった。

背景にイルミネーションの桜吹雪を使ったことで、こんな『吉野天人』はありえない、と叱られるかもしれないが、と思ってハッとした。父はどうしているだろう。まだ意識がないままなのか。話もできないままになってしまうのは嫌だ。

弥栄子が佳章を待ちかまえている。

「お疲れさま。すぐに着替えて京大病院へいってちょうだい」

京大病院と聞いてドキンとする。

「父がどうかしたんですか？」

「意識が戻られたそうよ。すぐに病院へいらっしゃるといいわ」

「ほんとですか」

弥栄子に着替えを手伝ってもらって、佳章は京大病院へ向かうことにした。京都駅から京大病院へは、直通のノンストップバスがでている、と弥栄子が教えてくれる。

バス停でバスを待っているとき、母に電話してみた。

父は整形外科の一般病棟に入院しているという。

「整形外科とは、またなんで」

「肋骨(ろっこつ)を二本、骨折しはったの」

「肋骨を？」

「ものすごう痛いらしいわ」

「頭の検査の結果は？」

「頭にも心臓にも、異常は見られへんって。過労で目ぇがまわらはったみたいえ」

「よかったー。もう能舞台に立てない、なんてことになったらどうしようかと思って」

「心配してくれたん？」

「するよ、そりゃ」

「お父さんに聞かせてやりたいわ」

「なんで」

「なにいうてはんねん。そんなん、いわんてわかるやろ。あ、今、看護師さんがきはったさかい、病室へ戻るえ」

電話は切れた。母は病室前の廊下で話していたらしい。

京大病院、整形外科入院病棟。

父は個室に入っていた。部屋番号は母から聞いている。

ドアをノックする前、肩に力が入っているのが自分でもわかる。

佳章にとって、父は父である前に芸の上での師匠だった。この世の中のだれよりも畏れ多い存在である。能をやめてからも、それは変わっていない。

そういう父と、四年半ぶりに顔を合わせる。緊張しないわけがない。

病室へ入ると、父はベッドに横になっていた。少しやつれた感じがする。

枕もとの椅子に母が座っている。

佳章はベッドを挟んで母とは反対側の枕元に立った。堅い口調で挨拶する。

「お身体の具合はいかがですか」

父は頭をわずかに動かして、うん、とうなずく。

「さっきもきてくれたそうで、ありがとう」

久しぶりに聞く父の声だ。

それだけいうと、父は黙ってしまった。

母が現在の状況を説明してくれる。骨折したところは痛むけれど、ほかに異常は見つからなかったこと、今日、退院していいといわれている、ということなどを。

「すると、これから退院ですか」

「そうえ。けど骨がくっつくまでは、おとなしゅうしてなあかんのやけど」

不意にチャランと軽い電子音が流れる。

ベッドサイドのテーブルの上に置いてあるタブレットにメールが入ったのだ。

母はタブレットを取り上げてメールを見ている。

「あら、藤野さんが、京都駅の『吉野天人』の動画を送ってくれはったわ」

父がタブレットを受け取って、動画を見始めた。

病室に鼓や笛の音が流れる。

母も父が持っているタブレットをのぞきこんで見ている。

佳章のところからもタブレットの画面が見える。さっき佳章が舞った『吉野天人』だ。

あれを父が観ていると思うと、身体がカッと熱くなる。

やがて、最後の舞の場面になる。

松が描かれた金屏風は、中央から少し左に寄ったところに移動している。正面には大階段の桜吹雪が見える。弥栄子は、舞台だけでなく大階段もたっぷり入れて撮影している。

こうしてロングショットで見ると、天人の少女が桜吹雪の中で舞っているように見える。

「どなたが舞ってくれはりましたの？」

母は弥栄子から聞いていないらしい。

「かわりの方が、よう見つかりましたねぇ。急やったのに。きれいに舞ってくれはって」

そうだな、と父もうなずく。

画面から目を離さない父を、佳章は息を殺して見守っている。極度に緊張して、立っていられないくらいだ。思わずベッドのフレームにつかまる。

やがて、天人は舞台から消えていった。

しばらくして桜吹雪も消える。

「ステキな『吉野天人』でしたわね」

母の言葉に父がうなずく。

タブレットを母に渡すと、父は首を回し佳章を見た。佳章と目が合う。

ヤバい、なにかいわれる、と思った瞬間、父がいった。

「扇が持てるようになったのか？」

ドキン、と佳章の胸が鳴る。

な、なんで自分だとわかったのだ。面で顔は隠れているのに。

父は佳章をまっすぐに見ている。師匠の顔だ。言い逃れなどできそうにない。

「今日、初めて……持つことができました」

「え？　え？」

母の驚いた声がする。

「ほんまですか？　今の『吉野天人』、佳章やったんですか？」

父がうなずく。母は目を丸くしてポカンとしている。

父に聞きたいことがある。

「どうして私だとおわかりになったのでしょうか」

小さい声でいうと、父はかすかに笑った。

「立ち姿がわずかに左に傾く癖、まだ直っていない」

威厳のある師匠の声だ。これは、稽古のときによく注意された。

それで自分だとわかったというのか。

傾くといっても、普通の人にはわからないほどわずかだ。

「東京で稽古していたのか？」

「いいえ。邦楽科を退学してからは一度も」

佳章は身体を小さくして答える。

「舞台の位置を変えたのは、桜のイルミネーションを背景にするためか？」

「そうです」

自分だとバレたからには、叱られることは覚悟している。

「勝手に変えて申し訳ありません。大階段の桜吹雪を見たら、思わず花の中で舞いたくなってしまい……」

下手な言い訳に聞こえるかも知れないが、これは本当だ。

「思わず？　舞いたくなったと？」

「はい」

父が眉をつり上げた。

「舞が……嫌いになったわけではないのか」

「いいえ。一度も」

舞うことができないときも好きだった。

父の口元がかすかに微笑む。

「それじゃ、京都へ通ってくるか」

「え？」

「左へ傾く癖、早急に直さないと。私が恥ずかしい」

「は、はい。よろしくお願いします」

佳章は「師匠」に向かって深く頭を下げた。

病院の白い布団が見える。

まっ白で、まぶしくて、涙がでそうだった。

※この作品はフィクションです。実在の人物・団体・事件などにはいっさい関係ありません。

集英社オレンジ文庫をお買い上げいただき、ありがとうございます。
ご意見・ご感想をお待ちしております。

●あて先
〒101-8050　東京都千代田区一ツ橋2-5-10
集英社オレンジ文庫編集部 気付
ほしおさなえ先生／岡本千紘先生／崎谷はるひ先生／
奈波はるか先生

あの日、あの駅で。

駅小説アンソロジー

集英社
オレンジ文庫

2020年9月23日　第1刷発行

著　者　ほしおさなえ
　　　　岡本千紘
　　　　崎谷はるひ
　　　　奈波はるか
発行者　北畠輝幸
発行所　株式会社集英社
　　　　〒101-8050東京都千代田区一ツ橋2-5-10
　　　　電話【編集部】03-3230-6352
　　　　　　【読者係】03-3230-6080
　　　　　　【販売部】03-3230-6393（書店専用）
印刷所　株式会社美松堂／中央精版印刷株式会社

※定価はカバーに表示してあります

ISBN 978-4-08-680344-1 C0193

JASRAC（出）2007183-001